FICHES

Spécial BAC

2de

W0186104

Maths

Fabrice Fortain dit Fortin
Professeur agrégé de Mathématiques

MAGNARD

Sommaire

Fonctions et algèbre

Statistiques et probabilités

Statistiques descriptives

Échantillonnage

Probabilités sur un ensemble fini

Géométrie

Géométrie repérée

Conseils pour réussir sa 2de

I Les enjeux de la classe de 2de

• La classe de 2de est un palier d'orientation. Il conviendra donc d'affiner ses choix de spécialités de 1re pendant l'année et de se préparer pour réussir son parcours jusqu'au Bac. De nombreuses filières d'étude nécessitent de solides bases en mathématiques.

• La classe de 2de permet de faire le bilan des acquis de collège et doit fournir les bases utiles quels que soient les choix de parcours d'étude ultérieurs. Les cours des années à suivre s'appuieront sur ce cours de 2de, et certaines écoles ou certains concours demandent la maîtrise du programme de 2de.

II Le programme officiel de la classe de 2de

• Les fiches de cet ouvrage s'appuient sur le nouveau programme officiel de mathématiques.

• On poursuit le calcul algébrique, incontournable pour faire des mathématiques efficaces, adossé au calcul numérique.

• On étudie les fonctions en donnant les bases nécessaires à toutes les filières.

• La géométrie reste présente, de façon raisonnable.

• On reprend les probabilités et on fait un peu de statistiques.

• Enfin, on poursuit l'enseignement de l'algorithmique en l'orientant vers la programmation sur machine. Le langage est Python.

III Utilisation des fiches

• Les fiches sont regroupées selon les items du programme officiel. Elles reprennent les définitions, propriétés, et sont émaillées de points remarquables et d'exemples. Ces derniers doivent être étudiés avec soin et rapprochés du cours de votre professeur habituel.

• Une fiche bilan conclut chaque partie : le QCM vous permet de voir si vous avez bien tout compris ; les schémas-bilans et les fiches d'exercices commentés décrivent des méthodes incontournables liées aux thèmes d'étude.

• Des fiches annexes sur l'utilisation de la calculatrice terminent l'ouvrage ainsi que des rappels de logique, fondement même des mathématiques.

IV Méthodologie de travail personnel

• La régularité est l'essentiel de la réussite. Ne travaillez pas au dernier moment. Révisez régulièrement ce qui a déjà été étudié pour réactiver les notions et permettre une réelle acquisition : il faudra pouvoir mobiliser vos acquis l'année suivante, pas seulement pour le devoir du lendemain... Ainsi, refaites les devoirs faits et corrigés en classe.

• Le cours nécessite d'être connu : c'est la condition *sine qua non* d'une réelle compréhension, d'un apprentissage solide et porteur de réussite pour la suite. Apprenez votre cours dès le retour à la maison, ouvrez le présent ouvrage à la page de la fiche correspondante, et comparez avec votre cours. Mettez en place des stratégies pour apprendre : recopier, lire plusieurs fois, à haute voix, pendant les trajets, réviser régulièrement ce qui a déjà été appris, s'interroger entre amis.

• Reprenez les exercices commentés et les exemples en essayant de les résoudre.

• En classe, soyez attentif et actif afin de soulager votre travail à la maison.

V En devoir surveillé

• Rédigez une copie claire et soignée : numéro des exercices et questions, écriture lisible et aérée, résultats soulignés ou encadrés.

• Parcourez l'ensemble du sujet avant de commencer : repérez ce qui est bien connu, car fait en classe et bien révisé, et commencez par cela. Terminez par les exercices qui nécessitent de la réflexion.

• Privilégiez, tant dans votre copie que dans votre travail personnel, la qualité à la quantité : bâcler beaucoup de choses ne sert pas vraiment.

• N'oubliez pas qu'en mathématiques, sauf mention contraire indiqué dans le sujet, tout doit être justifié.

FICHE 1

Travailler avec des variables

En Seconde, on doit pouvoir transcrire un algorithme dans un langage textuel. Il en existe de multiples, dont Python (https://www.python.org/) qui est largement utilisé. Les exemples proposés dans cet ouvrage seront en Python.

I Qu'est-ce qu'une variable ?

• Un algorithme est une procédure de résolution de problème. Il s'applique à un ensemble de données initiales et produit, en un nombre fini d'étapes constructives, effectives, non ambiguës et organisées, la réponse au problème.

• En mathématiques, la variable apparaît dans des formules comme celle de l'aire d'un disque ou l'expression d'une fonction.

En informatique, on écrit des **instructions** comme $x=x+3$. Ce n'est pas vraiment une égalité, c'est une **affectation** qui va modifier le contenu de la variable x. On dira d'ailleurs pour lire cette instruction : « x reçoit (ou prend) la valeur $x + 1$. »

Exemples

L'affectation de la valeur 5 à la variable x s'écrit « x=5 ».

```
>>>x=4
>>>y=x+8
>>>x=5
>>>z=x*y
>>>print('z')
```

Le bloc d'instructions se conçoit ainsi :
- on affecte la valeur 4 à x;
- on évalue (calcule) la valeur de $x + 8$ en utilisant la valeur de x connue. Si x n'a pas été précédemment affectée, Python ne pourra interpréter l'instruction ou alors prendra une ancienne valeur attribuée à x dans le précédent contexte d'utilisation;
- la valeur calculée est alors affectée à y;
- on modifie la valeur de x par une nouvelle affectation;
- on évalue le produit $x*y$ que l'on affecte enfin à z;
- il reste à afficher la valeur de z, si c'est le but recherché.

On peut procéder à des affectations multiples, en une seule ligne plutôt que plusieurs.

Ainsi :

```
>>>x, y=4, x+8
```

est l'équivalent de

```
>>>x=4
>>>y=x+8
```

II Types de variables

• On peut distinguer plusieurs types de variables : **entier**, **flottant**, **chaîne de caractères**.

• Python permet le calcul sur les nombres entiers qui s'écrit comme une série de chiffres, éventuellement précédée par un signe (+ ou –).

Exemples : 0, 142, + 12 et – 9 452 154 sont des entiers.

• Python autorise les opérations arithmétiques usuelles sur les entiers.

Exemples

```
>>> 7+8 # addition
15
>>> 11-3 # soustraction
8
>>> 125*2 # multiplication
250
>>> 30//4 # division entière : cela produit le quotient de la division
de 30 par 4
7
>>> 30%4 # cela produit le reste de la division de 30 par 4
2
>>> 2**3 # puissance : cela produit 2³
8
```

• Python respecte les priorités entre les opérateurs arithmétiques : les parenthèses sont les plus prioritaires, puis les exposants ; la multiplication et la division, puis l'addition et la soustraction.

• Les **flottants** sont formés d'une **partie entière** composée de chiffres, suivie du point décimal dit **séparateur**, suivi d'une **partie décimale** composée de chiffres. On peut leur associer un **exposant**, formé par la lettre « e », suivi d'un nombre entier. C'est la **notation scientifique**.

Exemples

```
>>> 2.5*2 # multiplication
5.0
>>> 5.5/1.5 # division réelle
3.6666666666666665
>>> 0.5**0.5 # puissance
0.7071067811865476
```

• Quand on utilise entiers et flottants, le résultat est un flottant.

• Les **chaînes de caractères** permettent de manipuler du texte.

FICHE 2

Instructions conditionnelles

I Booléen

- Un **booléen** est une variable qui peut prendre pour valeur « Vrai » ou « Faux ».
- Cela permet de tester des égalités ou des inégalités.
- Un booléen peut porter sur des variables de type « chaîne ».

Le terme « booléen » provient du nom du logicien britannique **George Boole** (1815-1864), qui a fondé la logique moderne.

Exemple

On considère la variable numérique *a* à laquelle on a affecté la valeur 2 : $a \leftarrow 2$.
En Python, on écrira « a=2 ».
On peut créer une infinité de booléens portant sur la variable *a*.
Par exemple : *a*==2, *a*<2, *a*<=2, *a*>2, *a*>=2, *a*<>2, *a*==7, *a*>=3.
On remarquera que pour le booléen *a*==2, on a doublé le symbole « = » afin de ne pas confondre avec une affectation.

Attention : ne pas confondre *a*=2, qui affecte une valeur à la variable *a*, avec *a*==2 qui est un booléen.

Booléen	*a*==2	*a*<2	*a*<=2	*a*>2	*a*>=2	*a*<>2	*a* ==7	*a*>=3
Valeur du booléen	Vrai	Faux	Vrai	Faux	Vrai	Faux	Faux	Faux

II Instruction conditionnelle

- Une instruction conditionnelle permet d'exécuter une série d'instructions uniquement si une condition déterminée est vérifiée. Si cette condition n'est pas vérifiée, le programme passe directement à la suite ou exécute une série d'instructions alternatives.
- La condition est un booléen.

Exemple

On peut créer un programme qui détermine la mention d'un candidat à un examen fictif.

En langage naturel, cela se traduit par :
Demander la valeur de la note.
Si la note est supérieure à 15, alors mention TB.

Sinon, si la note est inférieure à 12, alors le candidat est refusé.
Sinon la mention est acceptable.
En Python, on écrira :

```
note=input("entrez la note") # on demande à l'utilisateur d'entrer la valeur qu'on affecte à la variable note
note=float(note) # on transforme la note, considérée comme un texte, en un flottant
if note>=15 :
    print("TB")
elif note<10
    print("refusé")
else
    print("passable")
```

Remarque : si la condition est un test d'égalité, on utilisera == au lieu de = pour ne pas confondre avec une affectation.

• La syntaxe (la façon d'écrire les instructions) en Python est très codifiée. À la ligne du *if*, on doit terminer par « : ». On doit respecter une **indentation**.

Exemple

Voici un programme pour tester si un quadrilatère ABCD est un parallélogramme. On utilise pour cela la caractérisation vectorielle : $\overrightarrow{AB} = \overrightarrow{DC}$ (→ *voir fiche 44*).

```
xA=input('abscisse de A'); yA=input('abscisse de A'); xB=input('abscisse de B'); yB=input('abscisse de B')
xC=input('abscisse de C'); yC=input('abscisse de C'); xD=input('abscisse de D'); yD=input('abscisse de D')
if (xB–xA==xC–xD) & (yB–yA==yC–yD) :
    print(« ABCD parallélogramme »)
else
    print(« ABCD n'est pas un parallélogramme »)
```

Boucles bornées ou non

FICHE 3

I Boucle bornée

- On utilise une **boucle bornée** de type « **Pour** » quand on veut répéter un certain nombre d'instructions et qu'on sait à l'avance le nombre de répétitions voulu.
- En Python, la syntaxe est :

```
for i in range(1, n) :
      liste de lignes d'instructions
```

Attention : ne pas oublier l'indentation (décalage de quelques espaces) dans le corps de la boucle. Cela permet de repérer la fin de la boucle.

Exemples

1. On veut calculer la somme des carrés des entiers naturels de 1^2 à n^2.

L'algorithme naturel :

```
On demande la valeur de n
On affecte 0 à la variable somme
Pour i allant de 1 à n
      On affecte la valeur i² à t
      On affecte la valeur s + t à s
FinPour
Afficher s
```

a pour transcription en Python :

```
n=input('entrez n')
n=float(n)
s=0
for i in range(1, n) :
      t=i**2
      s=s+t
end
print(s)
```

2. Une liste L s'écrit entre crochets. La liste L = [3, 5, 7, 9, 11, 13] a sa longueur donnée par len(L). On définit la liste coeff = [1, 1, 2, 5, 1, 3]. Si on considère la liste L comme une liste de notes et la liste coeff comme la liste des coefficients correspondants, comment calculer la moyenne pondérée de ces notes par ces coefficients ?

On peut accéder au terme numéro *i* de la liste L, par exemple, par la syntaxe L[*i*].

Il suffit donc d'écrire :

```
S=0
n=len(L)
for i in range(0, n-1) :
    S=S+coeff[i]*L[i]
end
print(S/n)
```

II Boucle non bornée

On utilise une **boucle non bornée** de type « **Tant que** » quand on veut répéter un certain nombre d'instructions et qu'on ne sait pas à l'avance le nombre de répétitions voulu.

Exemple

La population mondiale est de 7 596 116 000 d'individus début 2018. On estime sa croissance à 1,18 % par an.
À ce rythme, en quelle année dépassera-t-on une population de 9 milliards d'habitants ?

```
p=7596116000
t=1.18/100
a=2018
while a<9e+9 :
    a+=1 # on incrémente de 1 la valeur de a
    p=p*(1+t)
end
print(a)
```

III Méthode

- On utilise une **boucle** quand on veut **répéter** des instructions. On détermine si on sait à l'avance le nombre de répétitions ou si une condition permet de sortir de la boucle.

- Si on utilise une boucle « Tant que », on doit vérifier qu'on est sûr qu'à certains moments, pas trop éloignés, la condition de la boucle ne sera plus vérifiée, ce qui assure que le programme **termine** en ne bouclant pas à l'infini. C'est une erreur fréquente.

Travailler avec une fonction

FICHE 4

I Définition

• Quand on a besoin de répéter un processus dans un programme, on peut isoler ce processus dans une **fonction**. Il s'agit d'un sous-programme qui va produire des résultats, les **sorties**, à partir de valeurs de variables, les **arguments** de la fonction.

• Comme tout élément de programme dans un langage spécifique, une fonction doit respecter une construction précise :

```
def nomdelafonction (liste des paramètres séparés d'une virgule) :
      liste d'instructions
      return liste des sorties calculées dans la fonction qui seront
les résultats de la fonction
```

• On constate que le corps de la fonction, qui suit l'en-tête (la première ligne), est décalé d'un certain nombre d'espaces : c'est l'**indentation**. Cet élément est nécessaire pour que l'ordinateur détermine ce qui appartient à la fonction. La dernière ligne, introduite par « **return** », est essentielle pour déterminer ce que produit la fonction.

II Exemples

1. Définir une fonction numérique

```
def f(x) :
      return 3*x^2–2*x+1
```

Cette fonction définit la fonction par $f(x) = 3x^2 - 2x + 1$.

2. Remplir un tableau de valeurs pour une fonction

```
def f(x) :
      return 3*x^2–2*x+1
```

Cette fonction définit la fonction par $f(x) = 3x^2 - 2x + 1$.
On utilise cette fonction dans le corps du programme :

```
for i in range(–2,3) :
      print(f(i))
```

ce qui permet d'avoir les images $f(-2)$, $f(-1)$, $f(0)$, $f(1)$, $f(2)$, $f(3)$.

3. Créer un tirage aléatoire

- On va importer un module d'instructions de tirages aléatoires : « from random import choice ».
- On crée une fonction qui permet de sélectionner au hasard une lettre d'un texte donné. Le texte est une variable de type **chaîne de caractères** :

```
def caractere(texte) :
    return choice(texte)
```

- On utilise la fonction :

```
A='Bonjour cher lecteur'
print(caractere(A))
```

Remarque : l'espace est un caractère comme les autres. Python distingue les majuscules et minuscules.

4. Calculer la probabilité d'un événement

→ *Voir fiche 33.*

- Considérons un dé truqué à 6 faces tel que :

x	1	2	3	4	5	6
$P(\{x\})$	0,2	0,1	0,3	0,1	0,1	0,2

- On crée la liste des résultats de l'expérience (l'univers) :

```
Univers=set(range(1,7))
```

- On définit la liste des probabilités (la loi) :

```
Loi=[0]+[0.2]+[0.1]+[0.3]+[0.1]*2+[0.2]
```

Attention : dans cette écriture, le symbole « + » n'est pas une addition de valeurs ; on met bout à bout les valeurs entre crochets pour créer une liste. C'est une **concaténation.**

- On crée une fonction qui va permettre le calcul de la probabilité d'un événement :

```
def probabilite(evenement) :
    return sum(Loi[x] for x in evene-
ment)
```

- On peut calculer la probabilité de l'événement A = « on obtient un nombre impair » :

```
A=[1,3,5]
print(probabilite(A))
```

Pour calculer une somme, on utilise « sum » en parcourant tous les termes de la liste « evenement ».

La méthode de dichotomie

I Principe

- f est une fonction définie sur un intervalle $[a ; b]$.
- On cherche à déterminer l'unique solution α d'une équation $f(x) = 0$. Le principe consiste à couper cet intervalle en deux en introduisant le milieu $m = \dfrac{a+b}{2}$ de cet intervalle.
- On répète le processus sur celui des deux intervalles $[a ; m]$ ou $[m ; b]$ qui contient α.
- Pour déterminer lequel des intervalles il convient de conserver, on cherche l'intervalle tel que $f(m)$ est de signe contraire de l'image de l'autre borne (soit $f(a)$, soit $f(b)$). On définit une **précision** ε (epsilon) pour arrêter le processus quand la largeur de l'intervalle de travail devient inférieure à ε.

II Illustration graphique

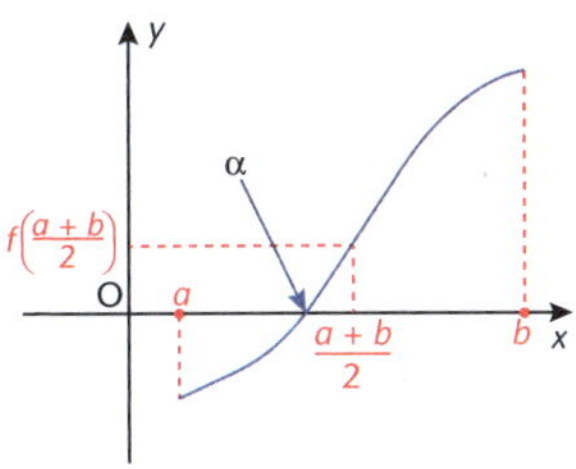

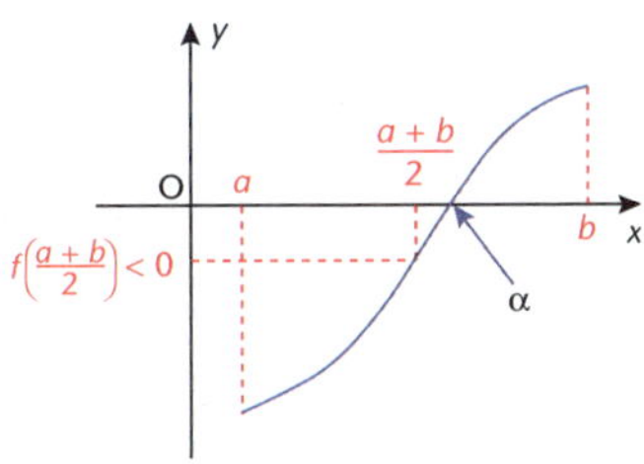

III Algorithme

Demander a
Demander b
Demander la précision ε attendue
Tant que $b - a \geqslant \varepsilon$
    Affecter $\dfrac{a+b}{2}$ à m
    Si $f(a) \times f(m) < 0$ alors affecter m à b
    Sinon affecter m à a
    FinSi
FinTantQue
Afficher m.

IV Transcription Python

- On va utiliser une **fonction**. Pour la fonction f définie par $f(x) = x^2 - 3$, les solutions de $f(x) = 0$ sont $-\sqrt{3}$ et $\sqrt{3}$. La méthode de dichotomie permet de trouver une valeur approchée de ces solutions.

- Supposons $[a\,;b] = [1\,;2]$. Il faut **choisir un intervalle** qui contient l'une de ces solutions. Comme $1 \leqslant 3 \leqslant 4$, donc $\sqrt{1} \leqslant \sqrt{3} \leqslant \sqrt{4}$ et $\sqrt{4} = 2$, ainsi $\sqrt{3} \in [1\,;2]$.

- **On définit deux fonctions :** l'une pour définir la fonction f et l'autre pour programmer l'algorithme de dichotomie.

```
def f(x)
    return x**2-3
def dichotomie(a, b, epsilon)
    while b–a>epsilon :
    m=(a+b)/2
    if f(a)*f(m)<0 :
        b=m
    else :
        a=m
    return m
```

V À la calculatrice

CASIO

```
"A="?→A:"B="?→B↵
"E="?→E↵
While B-A≥E↵
(A+B)÷2→M↵
A→X:Y1→F↵
M→X:Y1→G↵
If F×G≤0↵
Then M→B↵
Else M→A↵
IfEnd↵
WhileEnd↵
A◢
M◢
```

T.I.

```
:Prompt A,B,E
:While B-A≥E
:(A+B)/2→M
:A→X:Y₁→F
:M→X:Y₁→G
:If F*G≤0
:Then
:M→B
:Else
:M→A
:End
:End
:Disp A,B
```

- ε est noté ici **E**.
- L'expression algébrique de la fonction a été rentrée dans **Y1**.
- La ligne **A→X:Y1→F** signifie qu'on a affecté la valeur de a à x et qu'on évalue $f(x)$ à l'aide de l'expression mémorisée dans **Y1**.

BILAN

Algorithmique et programmation

FICHE 6

TEST-BILAN

→ *Réponses au verso.*

Vrai ou faux ? Cochez les affirmations qui sont vraies.

1 Notion de variable

a. ○ Une variable peut être un texte.

b. ○ Si *a* et *b* sont des variables déjà affectées, on peut échanger les valeurs en écrivant « a=b ».

c. ○ Si $a = 3$ et $b = 5.0$, alors $a + b$ est une variable de nature « entier ».

d. ○ Avec des flottants, on travaille avec des valeurs « exactes ».

2 Boucles et tests

a. ○ Si, avec Python, on écrit « a=2 », alors on teste si la variable *a* est égale à 2.

b. ○ Une boucle *Pour* est appelée bornée car le nombre de passages dans la boucle est fini.

c. ○ a=0; Tant que a>= 0 faire a=a+1 FinTantQue; Afficher a est un algorithme qui terminera nécessairement.

d. ○ On peut imbriquer une boucle dans une autre.

3 Fonctions

a. ○ Une fonction nécessite d'être appelée pour produire un résultat.

b. ○ Une fonction peut ne pas avoir d'argument d'entrée.

c. ○ Une fonction ne sert qu'à définir des fonctions numériques de type $f(x) = \dots$

d. ○ Une fonction peut s'appeler elle-même.

4 Dichotomie

a. ○ Plutôt que d'utiliser une boucle non bornée dans l'algorithme de dichotomie, on peut prendre une boucle « Pour ».

b. ○ L'algorithme de dichotomie sur un intervalle $[a ; b]$ peut indifféremment afficher a, b, m en sortie.

c. ○ Par l'algorithme de dichotomie proposé dans la fiche 5, appliqué à la fonction f définie par $f(x) = x^2 - 5$, avec $[a ; b] = 1,3$ et $\varepsilon = 10^{-4}$ donne comme valeur 2,236053467.

d. ○ On trouve ainsi une valeur approchée de $\sqrt{3}$.

SCHÉMA-BILAN

Écrire un algorithme et le programmer

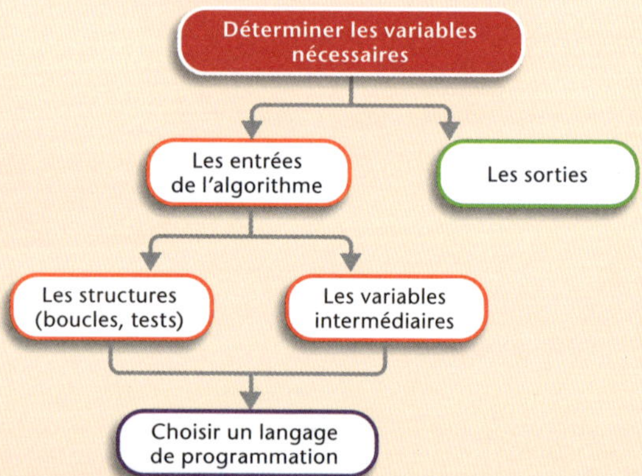

Réponses :

1 **a.** Vrai. C'est alors une variable « chaîne de caractères ». **b.** Faux. Cela écrase la valeur dans a par celle dans b. **c.** Faux. Dès qu'un flottant est dans un calcul, le résultat est un flottant. **d.** Faux. On ne travaille *a priori* qu'avec des valeurs approchées, comme pour $\sqrt{5}$ ou π. **2** **a.** Faux. Il faut écrire « a==2 ». **b.** Vrai. C'est la définition d'une boucle bornée. **c.** Faux. Comme la condition a>=0 sera toujours vérifiée, la boucle s'exécutera à l'infini. **d.** Vrai. **3** **a.** Vrai. Tant qu'on ne l'appelle pas, elle ne produit rien. **b.** Vrai. **c.** Faux. **d.** Vrai. Par exemple, on peut créer une fonction puissance. Il s'agit d'une fonction dite « récursive ». **4** **a.** Faux. On ne sait pas à l'avance le nombre d'exécutions nécessaires de la boucle. **b.** Vrai. **c.** Vrai. **d.** Faux. On trouve ainsi une valeur approchée de $\sqrt{5}$ car c'est la solution de $f(x) = 0$ qui est dans l'intervalle [1 ; 3].

Exercice commenté pas à pas

Produire un algorithme et le transcrire dans un langage

Sujet : échange de valeurs

Deux variables *a* et *b* qui contiennent des valeurs numériques.
Écrivez un algorithme répondant au problème.
Transcrivez-le en Python.

Avant de commencer

- Repérer les variables initiales et finales.
- Repérer s'il convient de répéter des instructions ou d'opérer des tests.
- Traduire l'algorithme dans un langage. En Python, il faut veiller au type de variable.

→ Introduisez une variable auxiliaire pour éviter d'écraser le contenu d'une variable et de perdre ainsi l'une des deux valeurs.

Lire *a*.
Lire *b*.
Affecter à *c* la valeur de *a* // Cela permet de ne pas « oublier » la valeur de *a*.

→ Faites les échanges.

Affecter à *a* la valeur de *b*.
Affecter à *b* la valeur de *c*.

→ Transcrivez l'algorithme en Python.

```
a=input()
a=float(a)
b=input()
b=float(b)
c=a
a=b
b=c
```

input() transforme l'entrée en un texte, qu'il faut transformer en flottant.

Sujet : recherche d'un minimum d'une fonction

La fonction f définie par $f(x) = 7x^2 - 3x + 1$ a un minimum de f sur [0 ; 2]. On le détermine par l'algorithme ci-contre.

Modifiez l'algorithme pour qu'il fournisse une valeur plus précise du minimum et la valeur (approchée) de la variable x qui réalise le minimum.

Transcrivez-le en une fonction Python.

```
Affecter 0 à x
Affecter f(0) à m
Tant que x<= 2 faire
    Affecter f(x) à m
    Si y < m alors affecter y à m
    FinSi
    Affecter x + 0.01 à x
FinTantque
Afficher m
```

Avant de commencer

- Lire les instructions les unes après les autres, exécuter les instructions de l'algorithme et faire les calculs à la main.
- Relier ce qu'on a observé à la question posée.
- Traduire l'algorithme dans un langage.

→ La boucle « Tant que » permet de parcourir tout l'intervalle [0 ; 2]. Modifiez *x* dans la boucle.

Le test permet de conserver la plus petite image calculée jusqu'à présent. On modifie le pas 0.01, par exemple en 0.001, et on affiche aussi x en fin d'algorithme.

On doit écrire « Affecter x + 0.001 à x » et « Afficher m, x ».

→ Créez une fonction pour la fonction *f*.

```
def f(x)
   return 7*x**2-3*x+1
```

→ Écrivez une fonction et déterminez les arguments d'entrée.

Les arguments d'entrée sont les bornes a et b de l'intervalle.

En Python, il faut veiller à l'indentation dans les boucles et les tests, et ne pas oublier les deux-points. On demande l'écriture d'une fonction.

```
def m=minimum(a,b)
    x=a
    m=f(a)
    while x<=b :
        y=f(x)
        if y<m :
          m=y
        x=x+0.001
    return m
```

FICHE 8

Règles de calcul

I Calculs fractionnaires

Définitions	Propriétés
• Un nombre ou une expression en **écriture fractionnaire** est de la forme $\frac{N}{D}$. • N est qualifié de **numérateur**. D est le **dénominateur**. • $\frac{N}{D}$ est **défini** si, et seulement si, $D \neq 0$.	• $\frac{a}{b}+\frac{c}{b}=\frac{a+c}{b}$ si $b \neq 0$ • $\frac{a}{b}-\frac{c}{b}=\frac{a-c}{b}$ si $b \neq 0$ • $\frac{a}{b}\times\frac{c}{d}=\frac{ac}{bd}$ si $b \neq 0$ et $d \neq 0$ • $\frac{1}{\frac{a}{b}}=\frac{b}{a}$ si $a \neq 0$ et $b \neq 0$ • $\frac{\frac{a}{b}}{\frac{c}{d}}=\frac{a}{b}\times\frac{d}{c}$ si $b \neq 0$, $c \neq 0$, $d \neq 0$

Exemple

x est un réel non nul. Simplifier l'expression $\dfrac{\frac{1}{x}+1}{1+\left(\frac{1}{x}\right)^2}$.

On met au même dénominateur le numérateur $\frac{1}{x}+1$ ainsi que le dénominateur $1+\left(\frac{1}{x}\right)^2$. Puis on applique la règle $\dfrac{\frac{a}{b}}{\frac{c}{d}}=\frac{a}{b}\times\frac{d}{c}$ si $b \neq 0$, $c \neq 0$, $d \neq 0$.

Résolution

$$\frac{1}{x}+1=\frac{x+1}{x}\ ;\ 1+\left(\frac{1}{x}\right)^2=1+\frac{1}{x^2}=\frac{x^2+1}{x^2}$$

Ainsi $$\dfrac{\frac{1}{x}+1}{1+\left(\frac{1}{x}\right)^2}=\dfrac{\frac{x+1}{x}}{\frac{x^2+1}{x^2}}=\frac{x+1}{x}\times\frac{x^2}{x^2+1}=\frac{x(x+1)}{x^2+1}.$$

II Calculs avec radicaux

Définitions	Propriétés
Pour tout réel positif a, le **nombre** $\sqrt{a}$ est l'unique nombre positif tel que son carré est égal à a. Ainsi : $\sqrt{a}^2 = a$.	Pour tous réels $a \geqslant 0$, $\sqrt{a^2} = a$ Pour tous réels $a \leqslant 0$, $\sqrt{a^2} = -a$ **Démonstration :** pour tous réels a, b positifs : $\sqrt{ab} = \sqrt{a}\sqrt{b}$ **Démonstration :** Pour tous réels a, b positifs, $b \neq 0$: $\sqrt{\frac{a}{b}} = \frac{\sqrt{a}}{\sqrt{b}}$

Exemple : simplifier les expressions numériques :

$$A = \frac{2\sqrt{21}\sqrt{75}}{\sqrt{35}\sqrt{20}}\ ;\ B = \left(\frac{\sqrt{5-2\sqrt{3}}}{3}\right)^2 + \left(\frac{1+\sqrt{3}}{3}\right)^2$$

Résolution

$$A = \frac{2\sqrt{21}\sqrt{75}}{\sqrt{35}\sqrt{20}} = \frac{2\sqrt{3}\sqrt{7}\sqrt{25}\sqrt{3}}{\sqrt{5}\sqrt{7}\sqrt{4}\sqrt{5}} = \frac{2\cdot 3\cdot 5\cdot\sqrt{7}}{2\cdot 5\cdot\sqrt{7}} = 3$$

$$B = \left(\frac{\sqrt{5-2\sqrt{3}}}{3}\right)^2 + \left(\frac{1+\sqrt{3}}{3}\right)^2 = \frac{5-2\sqrt{3}}{9} + \frac{1+2\sqrt{3}+3}{9} = \frac{9}{9} = 1$$

III Calculs avec puissances

Définitions	Propriétés
• $a^n = \underbrace{a \times a \times . \times a}_{n \text{ facteurs}}$, où a est un réel et n un entier naturel non nul • $a^0 = 1$ • $a^{-n} = \frac{1}{a^n}$ si $a \neq 0$ L'entier n est l'**exposant**.	$a \in \mathbb{R}$, $n \in \mathbb{Z}$, $m \in \mathbb{Z}$ Dans a^n, si n est négatif, a doit être non nul. • $a^n \times a^m = a^{n+m}$ • $\frac{a^n}{a^m} = a^{n-m}$, si $a \neq 0$ • $(a^n)^m = a^{nm}$ • $a^n b^n = (ab)^n$ • $\left(\frac{a}{b}\right)^n = \frac{a^n}{b^n}$ si $b \neq 0$

Exemple

Simplifier l'expression numérique : $C = \dfrac{2^2 \cdot 10^{-10} \cdot 2^7 \cdot 10^{-6}}{32 \cdot 10^{-15}}$

Résolution

$$C = \frac{2^2 \cdot 10^{-10} \cdot 2^7 \cdot 10^{-6}}{32 \cdot 10^{-15}} = \frac{2^{2+7} \cdot 10^{-10+(-6)}}{2^5 \cdot 10^{-15}}$$

$$= 2^{9-5} \cdot 10^{-16-(-15)} = 2^4 \cdot 10^{-1} = \frac{16}{10} = \frac{8}{5}$$

Calcul algébrique : développement, factorisation

FICHE 9

Le **calcul algébrique** permet de combiner des nombres, des lettres, qui sont des nombres indéterminés *a priori*, et des opérations. Le mot « algèbre » provient de l'arabe *al jabr*, notion introduite au IXe siècle par Al-Khwarizmi pour résoudre certaines équations.

I Distributivité de la multiplication par rapport à l'addition

- On considère trois nombres k, a, b réels (→ *voir fiche 10*). Alors on peut écrire :

$$k(a + b) = ka + kb$$

- On dit qu'on a **distribué** le nombre k à chacun des termes de la somme $a + b$. On rappelle que l'écriture $k(a + b)$ signifie $k \times (a + b)$. De même, ka signifie $k \times a$ et kb signifie $k \times b$.

- Cette distributivité s'applique également à une **différence** :

$$k(a - b) = ka - kb$$

II Développement

- Une **somme** est le résultat d'une addition, une **différence** celui d'une soustraction, un **produit** celui d'une multiplication et un **quotient** celui d'une division.

- **Développer** une expression algébrique (ou numérique), c'est transformer un produit en une somme ou une différence.

- On déduit des règles de distributivité celles du développement. On peut citer les doubles distributivités, dont voici deux exemples :

$$(a + b)(c + d) = ac + ad + bc + bd \text{ ou } (a - b)(c - d) = ac - ad - bc + bd$$

On a distribué chacun des termes de la première parenthèse sur ceux de la deuxième, en appliquant la règle des signes. Ainsi, pour $(a - b)(c - d)$, on a distribué a sur c (d'où ac) et $- d$ (d'où $- ad$), puis $- b$ sur c (d'où $- bc$) et $- d$ (d'où bd qui provient de $(- b)(- d)$). On peut étendre cela à autant de termes et de facteurs que l'on veut.

• Quand on développe, on **simplifie** l'expression trouvée.

Exemple : $A(x) = (x - 3)(2x - 1)$
$= x \times 2x + x \times (-1) - 3 \times 2x - 3 \times (-1)$
$= 2x^2 - x - 6x + 3 = 2x^2 - 7x + 3$

• Quand il y a plusieurs facteurs, on en choisit deux que l'on développe et on répète ensuite le processus.

Exemple : $B(u) = (u - 1)(u - 2)(u + 3) = (u - 1)(u^2 + 3u - 2u - 6)$
$= (u - 1)(u^2 + u - 6) = u^3 + u^2 - 6u - u^2 - u + 6$
$= u^3 - 7u + 6$

III Factorisation

• **Factoriser** une expression algébrique (ou numérique), c'est transformer une somme (ou une différence) en un produit. C'est l'opération réciproque du développement.

$$ka + kb = k(a + b) \quad \text{ou} \quad ka - kb = k(a - b)$$

• Dans l'expression de gauche, on reconnaît dans chaque terme un **produit qui possède un facteur commun** : le nombre k. On le met en facteur et on recopie entre parenthèses le reste de l'expression, sans changer l'ordre.

Cette technique dite du « facteur commun » n'est pas la seule possible. On peut parfois utiliser une identité remarquable, par exemple (→ *voir fiche 10*).

Exemples : factoriser les expressions suivantes.

1. $C(z) = 4z^2 - 5z$
$= 4z^2 - 5z = 4z \times z - 5 \times z = z(4z - 5)$

Pour pouvoir factoriser avec cette technique, il faut distinguer les différents termes de l'expression, ici $4z^2$ et $5z$. Dans chacun d'eux, on cherche un produit puis le facteur commun, ici c'est z.

2. $D(x) = (x - 1)^2 - (2x + 1)(x - 1) - x + 1$
$= (x - 1)(x - 1) - (2x + 1)(x - 1) - (x - 1) \times 1$

On reconnaît trois termes et un facteur commun $(x - 1)$; on remarque que $(x - 1)^2$ c'est $(x - 1)(x - 1)$ et $-x + 1$ c'est $-(x - 1)$.

$D(x) = (x - 1)(x - 1 - (2x + 1) - 1)$

Quand on a factorisé, on simplifie la deuxième parenthèse.

$D(x) = (x - 1)(x - 1 - 2x - 1 - 1).$
$= (x - 1)(-x - 3)$
$= -(x - 1)(x + 3)$

On a ici factorisé la deuxième parenthèse par -1, par souci d'esthétisme.

Identités remarquables

FICHE 10

I Identités remarquables

Soit a et b deux réels. Alors :

on développe

$$(a+b)^2 = a^2 + 2ab + b^2$$

$$(a-b)^2 = a^2 - 2ab + b^2$$

$$(a+b)(a-b) = a^2 - b^2$$

on factorise

Exemples

1. Développer : $E(x) = (2x-5)^2 = (2x)^2 - 2 \times 2x \times 5 + 5^2$
$= 4x^2 - 20x + 25$

On a développé $(a-b)^2$ en $a^2 - 2ab + b^2$.

2. Factoriser : $F(k) = k^2 - 3 = k^2 - \sqrt{3}^2 = (k - \sqrt{3})(k + \sqrt{3})$

On a factorisé $a^2 - b^2$ en $(a-b)(a+b)$.

II Applications

1. Montrer une égalité

Exemples : on considère l'expression $A(x)$ pour un nombre x quelconque : $A(x) = 3x^2 - 2x - 1$. Montrer qu'on peut l'écrire :

$A(x) = 3\left(x - \frac{1}{3}\right)^2 - \frac{4}{3}$.

On part du résultat final, qu'on ne nomme pas $A(x)$, on développe afin de reconnaître l'expression initiale.

$$3\left(x - \frac{1}{3}\right)^2 - \frac{4}{3} = 3\left(x^2 - 2x \times \frac{1}{3} + \frac{1}{9}\right) - \frac{4}{3}$$
$$= 3x^2 - 2x + \frac{1}{3} - \frac{4}{3}$$
$$= 3x^2 - 2x - 1$$
$$= A(x)$$

Attention : ne pas oublier les parenthèses.

2. Résoudre une équation

Exemple : résoudre l'équation $3x^2 = 2x + 1$.

Il peut être intéressant de se ramener à une équation de type $A(x) = 0$.

$3x^2 = 2x + 1 \Leftrightarrow 3x^2 - 2x - 1 = 0$

On exploite l'égalité prouvée au paragraphe 1.

$$3x^2 = 2x + 1 \Leftrightarrow 3x^2 - 2x - 1 = 0 \Leftrightarrow A(x) = 0$$
$$\Leftrightarrow 3\left(x - \frac{1}{3}\right)^2 - \frac{4}{3} = 0 \Leftrightarrow \left(x - \frac{1}{3}\right)^2 = \frac{4}{9}$$

Si $X^2 = a$ avec $a > 0$, alors $X = \sqrt{a}$ ou $X = -\sqrt{a}$

$3x^2 = 2x + 1 \Leftrightarrow x - \frac{1}{3} = \frac{2}{3}$ ou $x - \frac{1}{3} = -\frac{2}{3}$

d'où $x = 1$ ou $x = -\frac{1}{3}$.

L'équation possède donc deux solutions : 1 et $-\frac{1}{3}$.

3. Montrer une inégalité

Justifier qu'on a $3x^2 - 2x - 1 \geqslant -\frac{4}{3}$.

À nouveau, on exploite l'égalité prouvée au paragraphe 1. :

$$3x^2 - 2x - 1 = 3\left(x - \frac{1}{3}\right)^2 - \frac{4}{3}$$

À retenir : un carré est positif ou nul.

$$\left(x - \frac{1}{3}\right)^2 \geqslant 0 \underset{3>0}{\Rightarrow} 3\left(x - \frac{1}{3}\right)^2 \geqslant 0 \underset{-\frac{4}{3}}{\Rightarrow} 3\left(x - \frac{1}{3}\right)^2 - \frac{4}{3} \geqslant -\frac{4}{3}$$

Démonstration

L'égalité $(a + b)^2 = a^2 + 2ab + b^2$ possède une illustration géométrique à connaître :

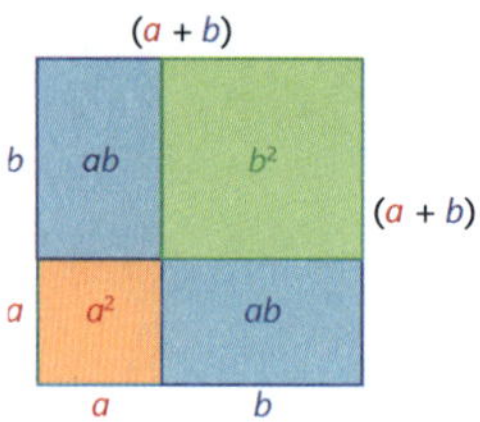

Les ensembles de nombres

FICHE 11

Les ensembles permettent de regrouper des nombres qui ont des propriétés communes. Ils ont pour but de simplifier les écritures mathématiques.

I Les différents ensembles de nombres

L'**ensemble vide** est l'ensemble qui ne possède aucun élément ; on le note ∅.

- $\mathbb{N}$ désigne l'ensemble des entiers naturels : ce sont les nombres dont la partie décimale n'est composée que de 0, ils sont positifs. Tout entier naturel possède un successeur, un nombre qui lui est consécutif : ainsi, si n est un entier naturel, $n + 1$ est son successeur. Il n'y a aucun entier strictement compris entre deux entiers consécutifs.

- $\mathbb{Z}$ désigne l'ensemble des entiers relatifs : ce sont les nombres dont la partie décimale n'est composée que de 0. Ils sont positifs, négatifs ou nuls.

- $\mathbb{D}$ désigne l'ensemble des décimaux : ce sont les nombres dont la partie décimale possède un nombre fini de décimales non nulles.

- $\mathbb{Q}$ désigne l'ensemble des rationnels : ce sont les nombres qui s'écrivent comme quotients de deux nombres entiers. Un nombre rationnel peut donc s'écrire sous la forme $\frac{p}{q}$ avec p et q deux nombres entiers relatifs et q différent de 0.

- $\mathbb{R}$ désigne l'ensemble des réels : ce sont tous les nombres que nous connaissons. On les qualifie de « réels » car ils permettent d'exprimer des quantités de notre monde (l'heure, un prix, une masse, l'effectif d'une classe, une température, une longueur...). Un nombre réel ne possède pas de successeur : ainsi, il n'y a pas de nombre qui soit juste supérieur à 0, par exemple. Ainsi, entre 0 et 0,000 000 01 (nombre aussi noté 10^{-8}), il y a une infinité de nombres, dont par exemple 0,000 000 000 001 (c'est 10^{-9}) ou 0,000 000 000 000 325 (aussi noté, en écriture scientifique, $3{,}25 \times 10^{-13}$).

- $\mathbb{N}^*$ est l'ensemble des entiers naturels non nuls (on a enlevé 0) ; $\mathbb{R}^*$ est l'ensemble des réels non nuls (on a enlevé 0).

II Les intervalles

On considère deux nombre réels a et b tels que $a \leqslant b$.

- L'ensemble des nombres compris entre a et b est un **intervalle borné**. On dit que les nombres a **et** b sont les **bornes** de l'intervalle.
  - $[a\,;\,b]$ est l'ensemble des réels x tels que $a \leqslant x \leqslant b$;
  - $]a\,;\,b]$ est l'ensemble des réels x tels que $a < x \leqslant b$;
  - $[a\,;\,b[$ est l'ensemble des réels x tels que $a \leqslant x < b$;
  - $]a\,;\,b[$ est l'ensemble des réels x tels que $a < x < b$.
- Il existe des intervalles **non bornés** :
  - $[a\,;\,+\infty[$ est l'ensemble des réels x tels que $a \leqslant x$;
  - $]a\,;\,+\infty[$ est l'ensemble des réels x tels que $a < x$;
  - $]-\infty\,;\,a]$ est l'ensemble des réels x tels que $x \leqslant a$;
  - $]-\infty\,;\,a[$ est l'ensemble des réels x tels que $x < a$.

$\mathbb{R}_+^*$ est l'ensemble des réels positifs non nuls.

- L'ensemble $\mathbb{R}$ peut également s'écrire sous forme d'intervalle : $\mathbb{R} =]-\infty\,;\,+\infty[$.

III Les symboles $\in$, $\notin$, $\subset$

Exemples

$2 \in \mathbb{N}$ signifie « 2 appartient à $\mathbb{N}$ » ; on peut dire aussi « 2 est un élément de $\mathbb{N}$ ».

$-2 \notin \mathbb{N}$ signifie « -2 n'appartient pas à $\mathbb{N}$ » ou encore « -2 n'est pas un élément de $\mathbb{N}$ ».

- Tout entier naturel est un entier relatif : on dit que $\mathbb{N}$ est inclus dans $\mathbb{Z}$ et on note $\mathbb{N} \subset \mathbb{Z}$.
- De façon générale, on a les inclusions suivantes :

$$\mathbb{N} \subset \mathbb{Z} \subset \mathbb{D} \subset \mathbb{Q} \subset \mathbb{R}.$$

IV Écritures décimales

Fraction	$\frac{1}{2}$	$\frac{1}{4}$	$\frac{3}{4}$	$\frac{1}{5}$	$\frac{2}{5}$	$\frac{3}{5}$	$\frac{4}{5}$	$\frac{1}{3}$	$\frac{2}{3}$
Écriture décimale	0,5	0,25	0,75	0,2	0,4	0,6	0,8	0,333...	0,666...

Multiples et diviseurs

FICHE 12

I Multiples

• Dans $\mathbb{Z}$, tout entier de la forme **qa** avec $a \in \mathbb{Z}$ et $q \in \mathbb{Z}$ est un **multiple** de l'entier a (et aussi de l'entier q).

• En particulier, 0 est multiple de tout entier car, pour tout $a \in \mathbb{Z}$: $0 = 0a$.

• La somme de deux multiples d'un entier a est un multiple de a.

• Un nombre **pair** est un entier multiple de 2.

Ce sont donc les entiers 2 ; 4 ; 6 ; 8 ; 10 ; 12 ;... ; 2 020 ; 2 022 ; 2 038 ;... et leurs opposés.

• Un entier a est pair si, et seulement si, il existe un entier n tel que $a = 2n$.

• Un entier **impair** est un entier non pair.

• Un entier a est impair si, et seulement si, il existe un entier n tel que $a = 2n + 1$.

Exemples

• $a = 195$ est impair car $a - 1 = 194 = 2 \times 97$ donc $a = 2 \times 97 + 1$.

• Si n est pair, alors $b = (n + 1)^2$ est impair.

En effet, comme n est pair, il existe un entier q tel que $n = 2q$.

Par ailleurs $n = n^2 + 2n + 1 = (2q)^2 + 2 \times 2q + 1 = 4q^2 + 4q + 1$
$= 2\,(2q^2 + 2q) + 1$.

Comme $2q^2 + 2q$ est un entier, il s'ensuit que b est impair.

Par conséquent, le carré d'un nombre impair est impair.

II Diviseurs

• Dans $\mathbb{Z}$, un **diviseur** d'un entier relatif a est un entier $n \in \mathbb{Z}^*$ tel que a est un multiple de n.

• Dans ce cas, on dit que a est **divisible par n** ou que n **divise a**.

• Tout entier est divisible par 1 ; –1, s'il est non nul, par lui-même et son opposé.

$n \in \mathbb{Z}$ est un diviseur de $a \in \mathbb{Z}$ si, et seulement si, il existe $q \in \mathbb{Z}$ tel que $a = qn$.

- Un entier pair est un entier divisible par 2.
- Un entier impair est un entier NON divisible par 2.
- Un entier autre que 1 est **premier** s'il n'est divisible que par 1 et lui-même : il possède **exactement** deux diviseurs.
- Une quotient d'entiers $\frac{a}{b}$ est **irréductible** si a et b ne possèdent aucun autre diviseur **commun positif** que 1.

Exemples

• Tout entier non nul est diviseur de 0 car $0 = 0 \times n$.

• Rendre irréductible la fraction $\dfrac{2-\frac{3}{4}}{8+\frac{1}{3}}$:

$$\frac{2-\frac{3}{4}}{8+\frac{1}{3}} = \frac{\frac{8}{4}-\frac{3}{4}}{\frac{24}{3}+\frac{1}{3}} = \frac{\frac{5}{4}}{\frac{25}{3}} = \frac{5}{4} \times \frac{3}{25} = \frac{5}{4} \times \frac{3}{5 \times 5} = \frac{3}{20}.$$

Les nombres 3 et 20 n'ont pas d'autre diviseur commun positif que 1 donc la fraction est irréductible.

• Le nombre $\sqrt{2}$ n'est pas rationnel : on procède par l'absurde : on suppose qu'il existe p entier et q entier non nul tel que $\sqrt{2} = \frac{p}{q}$, avec $\frac{p}{q}$ **irréductible**.

Alors $\sqrt{2}^2 = \left(\frac{p}{q}\right)^2 = \frac{p^2}{q^2}$ donc $p^2 = 2q^2$ et donc p^2 est pair donc p aussi (car le carré d'un entier impair est impair).

Ainsi, il existe un entier a tel que $p = 2a$ et donc $p^2 = 4a^2$.

Par conséquent : $4a^2 = 2q^2$ donc $q^2 = 2a^2$ et donc q est pair aussi.

Ici réside une contradiction : si p et q sont pairs, alors $\frac{p}{q}$ ne peut pas être irréductible et donc on doit réfuter l'hypothèse de départ : $\sqrt{2}$ n'est donc pas rationnel.

FICHE 13

Manipuler les réels

I La droite graduée

- Dans le plan, une **droite graduée** est une droite munie d'une **origine**, d'un **sens** et d'une **unité** de longueur : il suffit de donner un point O pour origine et un point I distinct de O.
- Tout point M de la droite peut donc être repéré par un nombre réel x, son **abscisse**.
- Tout réel peut être placé sur un point unique d'une droite graduée.

Exemple

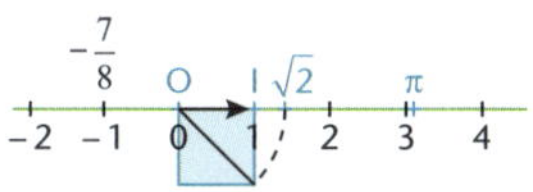

II Distance entre les réels

- La **valeur absolue** d'un nombre réel x notée $|x|$ est $\begin{cases} x \text{ si } x \geqslant 0 \\ \text{ou} \\ -x \text{ si } x < 0 \end{cases}$
- La valeur absolue d'un nombre est un nombre **positif**.
- La valeur absolue d'un nombre est sa **distance à 0**.
- La **distance entre deux nombres** réels a et b est la valeur absolue de leur différence $|a-b|$.
- Pour tout réel a et tout réel b : $|a-b| = |b-a|$.
- En particulier : pour tout réel x : $|-x| = |x|$.
- Pour tout réel a, $\sqrt{a^2} = |a|$.
- Pour tout réel a, tout réel x et tout réel positif r :

$$|x-a| \leqslant r \Leftrightarrow x \in [a-r\,;\,a+r]$$

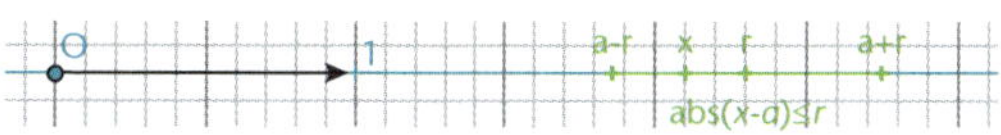

- Les nombres réels x tels que $|x-a| \leqslant r$ sont dits **valeurs approchés** du réel a à r près.
- Si $x < a$, la valeur approchée est dite « **par défaut** ».
- Si $x > a$, on la qualifie de « **par excès** ».

III Les nombres décimaux

- Un nombre réel est décimal si, et seulement si, il peut s'écrire $\frac{a}{2^n 5^m}$ avec $a \in \mathbb{Z}$, $n \in \mathbb{N}$, $m \in \mathbb{N}$.

- Soit un réel a. Si x est un nombre décimal tel que $|x - a| \leqslant 10^{-n}$ avec $n \in \mathbb{N}$, alors x est une **valeur approchée décimale de a à 10^{-n} près**.

> **Exemples**
> Le nombre $\frac{1}{3}$ n'est pas décimal : en effet, $\frac{1}{3}$ est une fraction irréductible et 3 n'est divisible ni par 2 ni par 5.
> On a $|1{,}414 - \sqrt{2}| \leqslant 10^{-3}$ donc 1,414 est une valeur approchée décimale de $\sqrt{2}$ à 10^{-3} près, par défaut.
> En effet $1{,}414^2 = 1{,}999396 < 2$ donc $1{,}414 < \sqrt{2}$.

IV Algorithme de balayage

- On cherche une valeur approchée de $\sqrt{2}$ en « **balayant** » un intervalle I le contenant.

> **Exemple :** on sait $1^2 = 1 < 2 < 4 = 2^2$, donc $\sqrt{2} \in [1 ; 2]$. Donc, on peut choisir I = [1 ; 2].

- On définit un **pas** p petit égal à la précision 10^{-n} que l'on veut pour une valeur approchée de $\sqrt{2}$.

- On calcule les carrés des nombres de l'intervalle I de 10^{-n} en 10^{-n}.

- On s'arrête dès que deux carrés consécutifs encadrent 2. On peut utiliser la condition : « si $(a^2 - 2)(b^2 - 2) \leqslant 0$, alors $\sqrt{2}$ est compris entre les nombres a et b ».

> **Exemple**

```
a = 1
p = 10**(-3)# ici n vaut 3
b = a+p
while (a**2-2)*(b**2-2)>0 :
    a+= p
    b+= p
print(a)
```

- On peut aussi utiliser la dichotomie (voir fiche 5).

BILAN

Calculs numériques et algébriques

FICHE 14

TEST-BILAN

→ *Réponses au verso.*

Vrai ou faux ? Cochez les affirmations qui sont vraies.
x désigne un réel quelconque.

1 Factorisation

a. ○ Une factorisation de $x^2 - 5$ est $(x - 5)(x + 5)$.

b. ○ Une factorisation de $x^2 + 1$ est $(x - 1)(x + 1)$.

c. ○ Une factorisation de $(x - 1)(2x + 3) - 2(x - 1)$ est $(x - 1)(2x + 1)$.

d. ○ Il est préférable d'avoir une forme développée plutôt que factorisée.

2 Développement

a. ○ $(\sqrt{2} - 1)^2 = 3 - \sqrt{2}$

b. ○ $x(2 - x) - x = x - x^2$

c. ○ $(x + 2)^2 - x(x - 1) = 5x + 4$

d. ○ $(x - 5)^2 - x^2 = -5(2x - 5)$, ce qui donne la forme développée.

3 Calcul fractionnaire

a. ○ $\frac{1}{3} + \frac{1}{7} = \frac{1}{10}$

b. ○ $\frac{\frac{3}{5}}{\frac{7}{5}} = \frac{3}{7}$

c. ○ $\frac{1}{3} + \frac{2}{3} \times 2 = 2$

d. ○ $\frac{1}{a} - \frac{1}{a+1} = \frac{1}{a^2 + a}$ si $a \neq 0$.

4 Ensembles de nombres

a. ○ $-(\sqrt{2} + 1)^2 + \frac{4}{\sqrt{2}}$ est un entier naturel multiple de 3.

b. ○ $-(\sqrt{2} + 1)^2 + \frac{4}{\sqrt{2}}$ est un entier relatif divisible par 3.

c. ○ $-(\sqrt{2}+1)^2+\dfrac{4}{\sqrt{2}}$ est un rationnel.

d. ○ $-(\sqrt{2}+1)^2+\dfrac{4}{\sqrt{2}}$ est un réel.

SCHÉMA-BILAN

Pratique de la factorisation

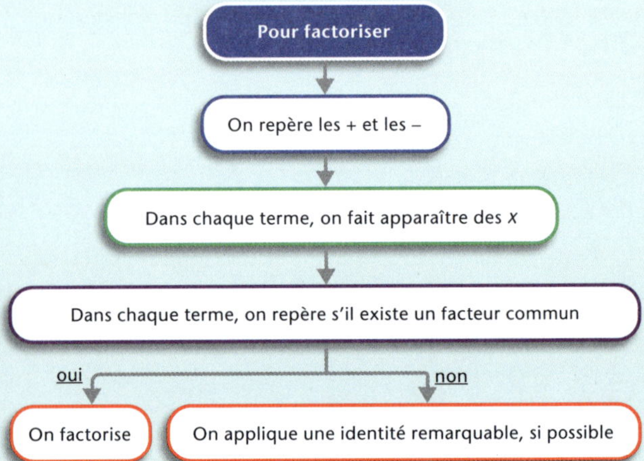

Réponses :

1 **a.** Faux. Si on applique la factorisation de a^2-b^2, on obtient $(x-\sqrt{5})(x+\sqrt{5})$. **b.** Faux. Ce n'est pas factorisable, ce n'est pas une identité remarquable. **c.** Vrai. $(x-1)(2x+3)-2(x-1)=(x-1)(2x+3-2)=(x-1)(2x+1)$. **d.** Faux : il n'y a pas de préférence ; mais vrai également, car on résout beaucoup de choses (équations, inéquations…) avec une forme factorisée. **2** **a.** Faux. $(\sqrt{2}-1)^2=\sqrt{2}^2-2\sqrt{2}+1=3-2\sqrt{2}$. **b.** Vrai. $x(2-x)-x=2x-x^2-x=x-x^2$. **c.** Vrai. $(x+2)^2-x(x-1)=x^2+4x+4-x^2+x=5x+4$. **d.** Vrai. $(x-5)^2-x^2=(x-5-x)(x-5+x)=-5(2x-5)$, ce qui donne la forme développée si on développe encore une fois. **3** **a.** Faux. $\frac{1}{3}+\frac{1}{7}=\frac{7}{21}+\frac{3}{21}=\frac{10}{21}$. **b.** Vrai. $\frac{3}{5}\div\frac{7}{5}=\frac{3}{5}\times\frac{5}{7}=\frac{3}{7}$. **c.** Faux. $\frac{1}{3}+\frac{2}{3}\times 2=\frac{1}{3}+\frac{4}{3}=\frac{5}{3}$. **d.** Faux. Le calcul est correct mais il faut aussi avoir $a\neq -1$. **4** **a.** Faux. $-(\sqrt{2}+1)^2+\frac{4}{\sqrt{2}}=-(\sqrt{2}^2+2\sqrt{2}+1)+2\sqrt{2}=-3$, qui n'est pas un entier naturel. **b.** Vrai, car appartient à $\mathbb{Z}$ et $-3=3\times(-1)$. **c.** Vrai car $\mathbb{Z}\subset\mathbb{Q}$. **d.** Vrai.

Définition et vocabulaire, fonctions usuelles

FICHE 15

I Vocabulaire de base

- Une **fonction**, notée f, est un « outil » mathématique qui, à tout nombre x d'un ensemble de départ $\mathscr{D}$ associe un unique nombre noté $f(x)$ dans un ensemble d'arrivée.
- On schématise cela ainsi :

$$f : x \in \mathscr{D} \mapsto f(x)$$

- Le nombre « au départ », ici noté x est la **variable** de la fonction. $f(x)$ est **l'image** du nombre x par la fonction f.

Exemple

On considère la fonction f définie pour tout réel x par $f : x \mapsto 2x - 3$.

$2x - 3$ est donc l'image du réel x par f. On pourra écrire $f(x) = 2x - 3$.

L'image du réel 7 par f sera donc notée $f(7)$ et on écrira $f(7) = 2 \times 7 - 3 = 11$. Ainsi, 11 est l'image de 7 par f.

- L'ensemble de départ $\mathscr{D}$ est appelé **ensemble de définition** de la fonction. Tout nombre en dehors de $\mathscr{D}$ est une « valeur interdite ».

Exemple

On considère la fonction f définie par $f(x) = \sqrt{x - 2}$.

Pour que $\sqrt{x - 2}$ existe, on doit avoir $x - 2 \geqslant 0$ et donc $x \geqslant 2$. Par conséquent, on peut choisir pour ensemble de définition de f l'intervalle $[2 ; +\infty]$. On écrira $\mathscr{D} = [2 ; +\infty[$ (ou parfois $\mathscr{D}_f$).

- Soit y un réel. S'il existe un réel x dans $\mathscr{D}$ tel que $y = f(x)$, on dit que x est **UN antécédent** de y par f. Un réel y peut posséder un unique antécédent par f, ou aucun antécédent par f, ou plusieurs antécédents par f, y compris une infinité.

Exemple

On considère la fonction f définie par $f(x) = \sqrt{x - 2}$, la fonction g définie sur $\mathbb{R}^*$ par $g : x \mapsto \dfrac{1}{x}$ et $h : x \in \mathbb{R} \mapsto 4x + 5$.

$f(7) = 11$, donc 7 est un antécédent de 11 par f. Comme une racine est toujours positive, on ne peut avoir $f(x) < 0$. Ainsi, tout nombre strictement négatif n'a aucun antécédent par f.

Pour tout réel $x \neq 0$, $\dfrac{1}{x} \neq 0$, 0 n'a pas d'antécédent par g.

Pour déterminer le(s) antécédent(s) éventuel(s) de 8 par h, on résout l'équation $h(x) = 8$:

$$h(x) = 8 \Leftrightarrow 4x + 5 = 8 \Leftrightarrow 4x = 3 \Leftrightarrow x = \frac{3}{4}.$$

Ainsi, $\frac{3}{4}$ est l'unique antécédent de 8 par h.

II Courbe

Dans un repère, la **courbe** (**représentative**) d'une fonction f définie sur $\mathcal{D}$ est l'ensemble des points qui ont pour coordonnées $(x\,;\,f(x))$ avec $x \in \mathcal{D}$.

III Parité

- Une partie A de $\mathbb{R}$ est dite symétrique par rapport à 0 si pour tout $x \in A$, $-x \in A$.

Exemples

$\mathbb{R}$, $\mathbb{R}^*$, $]-\infty\,;\,-3] \cup [3, +\infty[$ sont symétriques par rapport à zéro.

$\mathbb{R}_+$, $\mathbb{R}\backslash\{1\}$, $]-\infty\,;\,-3[\cup [3, +\infty[$ ne le sont pas.

- Une fonction f est **paire** si son ensemble de définition $\mathcal{D}_f$ est **symétrique** par rapport à 0 ET si pour tout $x \in \mathcal{D}_f$, $f(-x) = f(x)$.
- Dans un repère orthogonal, la courbe d'une fonction paire est symétrique par rapport à l'axe des ordonnées. La réciproque est vraie.
- Une fonction f est **impaire** si son ensemble de définition $\mathcal{D}_f$ est **symétrique** par rapport à 0 ET si pour tout $x \in \mathcal{D}_f$, $f(-x) = -f(x)$.
- Dans un repère quelconque, la courbe d'une fonction impaire est symétrique par rapport à l'origine du repère. La réciproque est vraie.

Exemples

- La fonction $f : x \in \mathbb{R} \mapsto \dfrac{1}{x^2 + 1}$ est paire car son ensemble de définition est symétrique par rapport à 0 et, pour tout $x \in \mathbb{R}$

$$f(-x) = \frac{1}{(-x)^2 + 1} = \frac{1}{x^2 + 1} = f(x).$$

- La fonction $f : x \in \mathbb{R} \mapsto \dfrac{x}{|x| + 1}$ est impaire car son ensemble de définition est symétrique par rapport à 0 et, pour tout $x \in \mathbb{R}$,

$$f(-x) = \frac{-x}{|-x| + 1} = -\frac{x}{|x| + 1} = -f(x).$$

Courbes des fonctions usuelles

FICHE 16

I Fonction « carré »

- $x \in \mathbb{R} \mapsto x^2$

- La courbe est une **parabole** : si elle est tracée dans un repère orthogonal, elle est symétrique par rapport à l'axe des ordonnées (voir ci-contre).

x	$-\infty$		0		$+\infty$
x^2		↘	0	↗	

- 0 est le minimum de la fonction « carré » sur $\mathbb{R}$: $\forall x \in \mathbb{R},\ x^2 \geqslant 0$.

- D'après les variations, on a donc :
$\forall a \in \mathbb{R}_-,\ \forall b \in \mathbb{R}_-,\ a < b \Rightarrow a^2 > b^2$.
$\forall a \in \mathbb{R}_+,\ \forall b \in \mathbb{R}_+,\ a < b \Rightarrow a^2 < b^2$.

Courbe de la fonction carrée

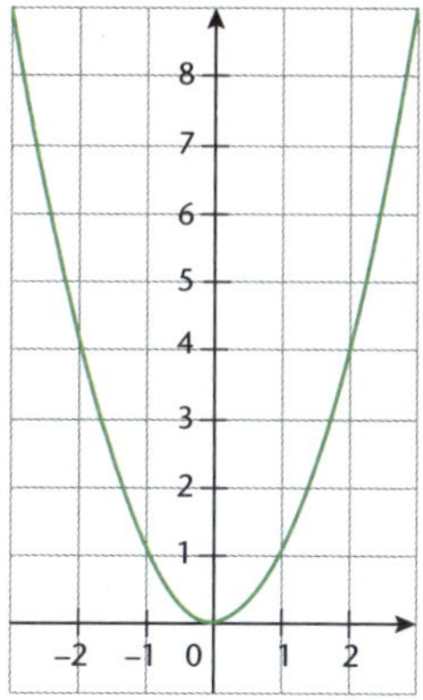

II Fonction « cube »

- $x \in \mathbb{R} \mapsto x^3$

x	$-\infty$		$+\infty$
x^3		↗	

D'après les variations, on a donc :
$\forall a \in \mathbb{R},\ \forall b \in \mathbb{R},\ a < b \Rightarrow a^3 < b^3$.

Courbe de la fonction cube

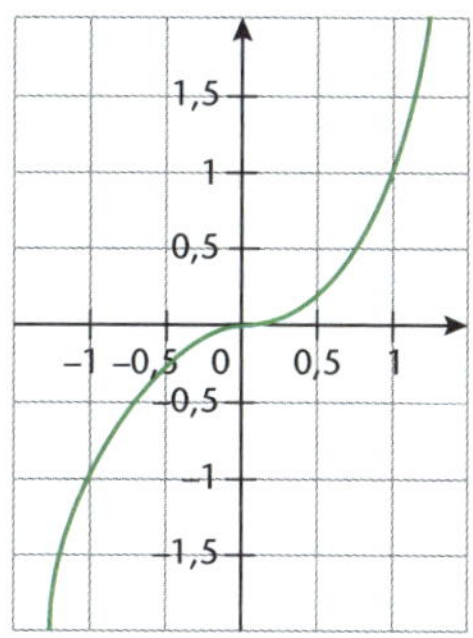

III Fonction « inverse »

- $x \in \mathbb{R}^* \mapsto \dfrac{1}{x}$

- La courbe est une **hyperbole** (voir ci-après). Elle est symétrique par rapport à l'origine du repère.

x	$-\infty$		0		$+\infty$
$\frac{1}{x}$		↘	‖	↘	

- La valeur interdite **0** est indiquée par une double barre verticale dans le tableau.

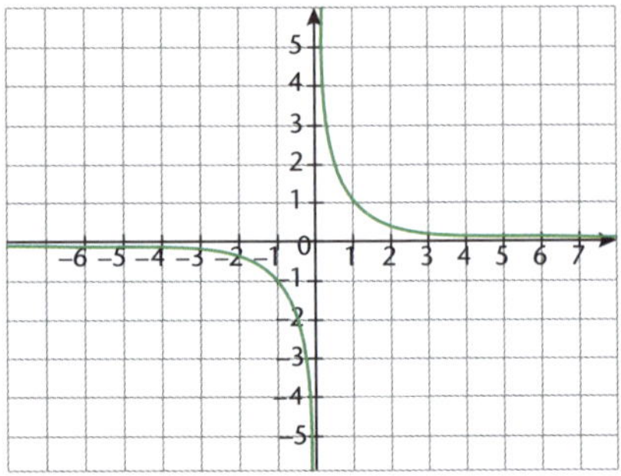

- D'après les variations, on a donc :

$$\forall a \in \mathbb{R}_-^*, \forall b \in \mathbb{R}_-^*, a < b \Rightarrow \frac{1}{a} > \frac{1}{b}.$$

$$\forall a \in \mathbb{R}_+^*, \forall b \in \mathbb{R}_+^*, a < b \Rightarrow \frac{1}{a} > \frac{1}{b}.$$

- En outre, l'inverse d'un réel non nul x est du même signe que x. Par conséquent :

$$\forall a \in \mathbb{R}_-^*, \forall b \in \mathbb{R}_+^*, a < b \Rightarrow \frac{1}{a} < \frac{1}{b}.$$

IV Fonction « racine carrée »

- $x \in \mathbb{R}_+ \mapsto \sqrt{x}$

Courbe de la fonction racine carrée

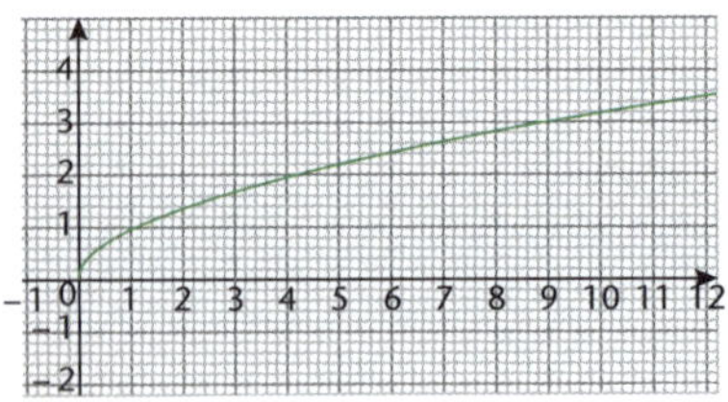

x	0	$+\infty$
$\sqrt{x}$	0 ↗	

- D'après les variations, on a donc :
$\forall a \in \mathbb{R}_+, \forall b \in \mathbb{R}_+, a < b \Rightarrow \sqrt{a} < \sqrt{b}.$

Déterminer un tableau de variations

FICHE 17

I Sens de variation sur un intervalle

f est une fonction définie sur un intervalle I.

- f est **croissante** sur I si, pour tout a et tout b dans I :
$$a < b \Rightarrow f(a) \leqslant f(b).$$
- f est **strictement croissante** sur I si, pour tout a et tout b dans I :
$$a < b \Rightarrow f(a) < f(b).$$
- f est **décroissante** sur I si, pour tout a et tout b dans I :
$$a < b \Rightarrow f(a) \geqslant f(b).$$
- f est **strictement décroissante** sur I si, pour tout a et tout b dans I :
$$a < b \Rightarrow f(a) > f(b).$$

Exemples

1. La fonction « carré » est décroissante sur $\mathbb{R}_-$. Soit $a < b$ avec a et b deux réels négatifs. $a^2 - b^2 = (a - b)(a + b)$. Or $a < b$ donc $a - b < 0$. Comme a et b sont négatifs, on a donc $a + b < 0$. Par règle des signes, on a donc $(a - b)(a + b) > 0$.

• Ainsi, $a^2 - b^2 > 0$ et donc $a^2 > b^2$.

• On a donc prouvé que, pour tout a et tout b dans $\mathrm{I} = \mathbb{R}_-$:
$$a < b \Rightarrow a^2 > b^2,$$
ce qui prouve la stricte décroissance annoncée au début.

2. On considère la fonction g définie sur $\mathrm{I} =]1 ; +\infty[$ par $g(x) = 2 - \dfrac{4}{-x^2 + 1}$. Étudier les variations de la fonction g sur I.

• Soient a et b deux réels de I tels que $a < b$. Procédons par inégalités successives. $1 < a < b \Rightarrow 1 < a^2 < b^2$ car la fonction « carré » est strictement croissante sur $\mathbb{R}_+$ donc sur I.

• En multipliant par -1 : $-1 > -a^2 > -b^2$, d'où $0 > -a^2 + 1 > -b^2 + 1$.

• Comme la fonction « inverse » est strictement décroissante sur $\mathbb{R}_-^*$: $\dfrac{1}{-a^2 + 1} < \dfrac{1}{-b^2 + 1}$.

• Par suite, en multipliant par -4 qui est négatif :
$\dfrac{-4}{-a^2 + 1} > \dfrac{-4}{-b^2 + 1}$.

• Et enfin : $2 + \dfrac{-4}{-a^2 + 1} > 2 + \dfrac{-4}{-b^2 + 1}$.

- On a donc prouvé que pour tout a et tout b dans I :

$$a < b \Rightarrow f(a) > f(b).$$

- Ainsi, la fonction f est strictement décroissante sur I =]1 ; +∞[.

II Tableau de variations : exemples

- g définie sur I =]1 ; +∞[par $g(x) = 2 - \dfrac{4}{-x^2 + 1}$ est strictement décroissante et non définie en 1. Un logiciel de géométrie fournit :

x	1		+∞
$g(x)$	‖	↘	

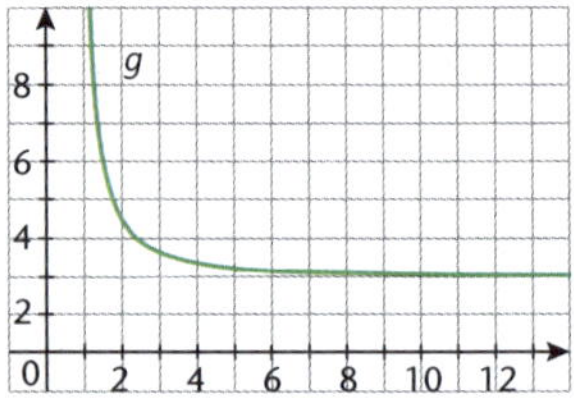

- Soit la fonction f définie par sa courbe sur I = [–2 ; 8].

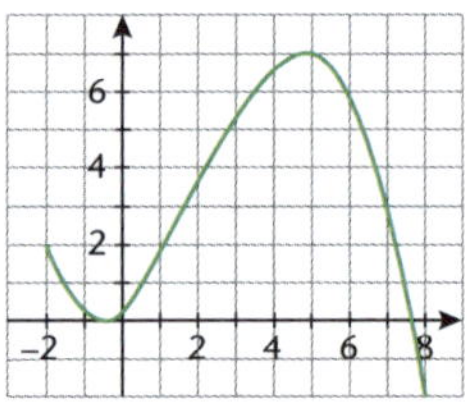

x	–2		$-\frac{1}{2}$		5		8
$g(x)$	1,7	↘	0	↗	7	↘	–2

f possède un minimum –2 atteint en $x = 8$ et un maximum 7 atteint en $x = 5$.

III Extremum

f est une fonction définie sur un intervalle I.

- Un réel M est le **maximum** de la fonction f sur I si, pour tout réel $x \in$ I, $f(x) \leqslant$ M ; et si M possède un antécédent par f.
- Un réel m est le **minimum** de la fonction f sur I si, pour tout réel $x \in$ I, $f(x) \geqslant m$; et si m possède un antécédent par f.

Exploiter un tableau de variations

FICHE 18

I Utilisation d'un tableau de variations

- Un tableau de variations permet de visualiser l'évolution d'une quantité $f(x)$ qui dépend d'une quantité variable x ; x appartenant à un ensemble : **l'ensemble de définition**.

- Lors des changements de sens de variation, on observe la présence d'un **extremum local**.

Un **extremum** est un maximum ou un minimum ; il peut être local ou global.

- On peut utiliser Python pour déterminer un extremum.

Exemple

On considère la fonction f définie sur l'intervalle $I = \left[-\frac{1}{2} ; \frac{1}{2}\right]$ par $f(x) = 9x - 108x^3$.

Le tableau de variations de cette fonction, admis en classe de Seconde (on apprendra les dérivées en Première) est le suivant.

x	$-\frac{1}{2}$		$-\frac{1}{6}$		$\frac{1}{6}$		$\frac{1}{2}$
Variation de f	9	↘	−1	↗	1	↘	−9

Ce qui correspond à la courbe suivant, obtenue avec Geogebra :

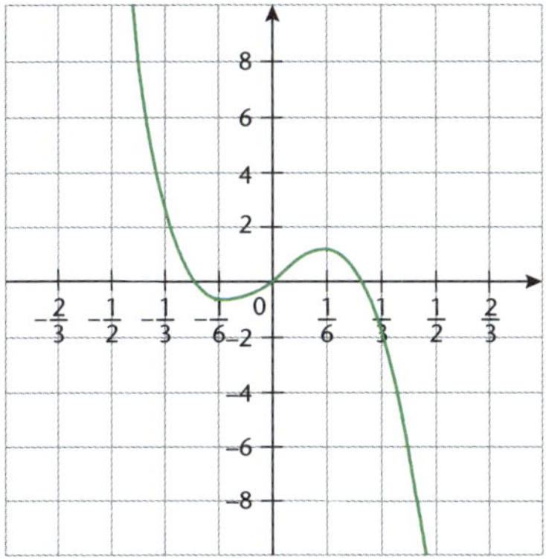

On constate que :

- 9 est le maximum de f atteint en $x = -\frac{1}{2}$;
- 1 est un maximum local, uniquement pour des réels x « voisins » de $\frac{1}{6}$;
- –9 est le minimum de f atteint en $x = \frac{1}{2}$;
- –1 est un minimum local, uniquement pour des réels x « voisins » de $-\frac{1}{6}$.

On peut retrouver ces résultats avec Python :

```
def f(x)
  return 9*x–108*x**3
M=max([f(–1/2+x/100) for x in range(100)])
# maximum de f pour x ⩾ -1/2 par pas de 1/100
 pour 100 valeurs
M1=max([f(–1/3+x/100) for x in range(100)])
# idem pour x ⩾ -1/3
m = min ([f(–1/2+x/100) for x in range(100)])
# idem pour min
m1 = min([f(–1/3+x/100) for x in range(100)])
# idem pour min
```

II Exemple en gestion

- Une entreprise fabrique des objets à 4 milliers d'euros par tonne. La fonction C définie sur [0 ; 10] désigne, pour x tonnes produites, le coût de fabrication. On donne $C(x) = 0{,}7x^2 + 2{,}1x + 0{,}2$. Quel est le bénéfice maximum ?
- On commence par exprimer la recette : $R(x) = 4x$.
- Puis on exprime le bénéfice :
  $B(x) = R(x) - C(x) = 4x - (0{,}7x^2 + 2{,}1x + 0{,}2) = -0{,}7x^2 + 1{,}9x - 0{,}2$.
- On observe graphiquement que le bénéfice maximum semble réalisé pour $x \cong 2{,}5$, d'où un bénéfice maximum d'environ 0,175 milliers d'euros. On peut aussi contrôler cela avec Python ou avec la calculatrice (→ *voir annexes*).

FICHE 19

Positions relatives de courbes

I Cas général

- On suppose f et g, deux fonctions définies sur un même intervalle. La courbe de f est située **au-dessus** de celle de g si, pour tout $x \in I : f(x) \geqslant g(x)$I.
- L'égalité donne les **intersections** éventuelles des deux courbes.
- Pour étudier un tel problème, on étudie le **signe de la différence** $f(x) - g(x)$.

On peut utiliser la propriété $A \geqslant B \Leftrightarrow A - B \geqslant 0$ ou des inégalités successives.

II Application

- On s'intéresse à la position relative des courbes d'équation $y = x$, $y = x^2$, $y = x^3$.
- Pour tout réel, on pose $f(x) = x$, $g(x) = x^2$, $h(x) = x^3$.
- Un logiciel de géométrie permet de conjecturer les positions relatives :

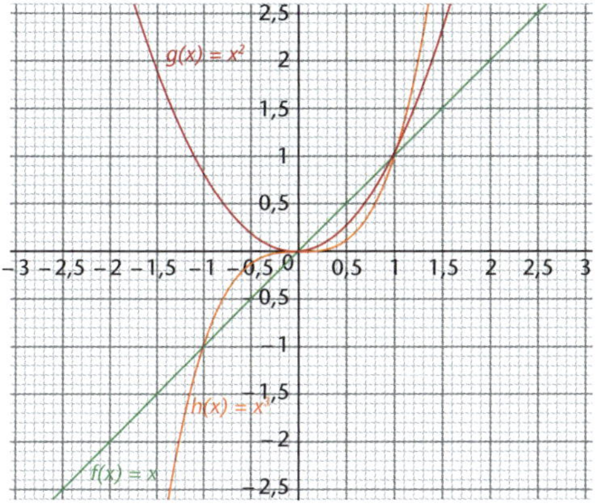

- Il semble que l'on doive considérer plusieurs cas, selon la valeur de x par rapport à –1, 0, 1.
- Comparons x^3 et x^2 :

• si $x < 0$, alors $x^3 \leqslant x^2$ car un carré est toujours positif ;
• si $x > 1$, alors $x^3 > x^2$ en multipliant par x^2 de part et d'autre de l'inégalité. Donc $h(x) > g(x)$;
• si $0 < x < 1$, de la même façon, on prouve $x^3 < x^2$;
• si $x = 0$ ou $x = 1$, les courbes se coupent.

• Comparons x et x^2. Étudions le signe de la différence $f(x) - g(x) = x - x^2 = x(1 - x)$.

Le tableau de signes suivant donne les positions relatives :

f	$-\infty$		0		1		$+\infty$
$x(1-x)$		$-$	0	$+$	0	$-$	

• Si $x > 1$: $f(x) < g(x)$.
• Si $0 < x < 1$: $f(x) < g(x)$.
• Les courbes se croisent en $x = 0$ et $x = 1$.
• Si $x < 0$: $f(x) < g(x)$.

• Il reste à comparer x et x^3 quand $x < 0$.
• $x - x^3 = x(1 - x^2) = x(1 - x)(1 + x)$.
• Si $x < -1$, alors $x < 0$ et $1 + x < 0$ et $1 - x > 0$ donc, par règle des signes, $x - x^3 > 0$ et donc $f(x) > h(x)$.
• Si $-1 < x < 0$, alors $x < 0$ et $1 + x > 0$ et $1 - x > 0$ donc $x - x^3 > 0$ et donc $f(x) < h(x)$.

• On note $\mathscr{C}_f$, $\mathscr{C}_g$, $\mathscr{C}_h$ les courbes :
• sur $]-\infty\ ;-1[$ $\mathscr{C}_h$ est sous $\mathscr{C}_f$ qui est sous $\mathscr{C}_g$;
• sur $]-1\ ; 0[$ $\mathscr{C}_f$ est sous $\mathscr{C}_h$ qui est sous $\mathscr{C}_g$;
• sur $]0\ ; 1[$ $\mathscr{C}_h$ est sous $\mathscr{C}_g$ qui est sous $\mathscr{C}_f$;
• sur $]1\ ; +\infty[$ $\mathscr{C}_f$ est sous $\mathscr{C}_g$ qui est sous $\mathscr{C}_h$.

III Algorithmique

Il existe de nombreux procédés de « tri » qui permettent de programmer la comparaison des réels x, x^2, x^3 pour une valeur de x entrée par l'utilisateur.

Fonctions numériques

TEST-BILAN

→ *Réponses au verso.*

Vrai ou faux ? Cochez les affirmations qui sont vraies.

1 Ensemble de définition

a. ○ La fonction « inverse » est définie sur $\mathbb{R}_+$.

b. ○ La fonction « racine carrée » $x \mapsto \sqrt{x}$ est définie sur $\mathbb{R}_+$ car une racine carrée est toujours positive.

c. ○ La fonction définie par $x \mapsto \dfrac{x^2}{x-1}$ est définie sur $\mathbb{R}\backslash\{1\}$.

d. ○ La fonction définie par $x \mapsto \dfrac{x}{x^2-1}$ est définie sur $\mathbb{R}\backslash\{1\}$.

2 Images

a. ○ L'image de $-\dfrac{1}{3}$ par la fonction « inverse » est 3.

b. ○ Si $f(x) = 5x^2 - 3x + 1$, alors $f(-1) = 3$.

c. ○ L'image de 1 par la fonction $x \mapsto \dfrac{1}{x-1}$ est 0.

d. ○ Une fonction f vérifie $f(6) = 2$; alors 2 a un seul antécédent par f.

3 Antécédents

a. ○ Le nombre –2 possède un unique antécédent par la fonction « carré ».

b. ○ Le nombre –2 possède un unique antécédent par la fonction « inverse ».

c. ○ Le nombre –2 possède un unique antécédent par toute fonction affine.

d. ○ Le nombre 0 n'a pas d'antécédent par la fonction « inverse ».

4 Variations

a. ◯ On peut dire que la fonction « inverse » est décroissante sur $\mathbb{R}_+^*$.

b. ◯ On peut dire que la fonction « inverse » est décroissante sur $\mathbb{R}^*$.

c. ◯ La fonction $x \mapsto x^2 + 1$ est croissante sur $\mathbb{R}_+$.

d. ◯ La fonction $x \mapsto 3x + 2$ est décroissante.

SCHÉMA-BILAN

Étude d'une fonction

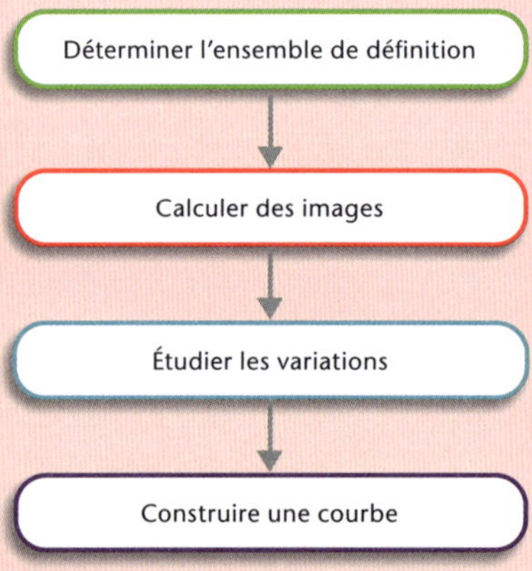

Réponses :

1 a. Faux. Elle est définie sur $\mathbb{R}^*$. b. Faux. Ce n'est pas $\sqrt{x}$ qui doit être positif, mais x. La justification donnée est fausse. c. Vrai car $x - 1 = 0 \Leftrightarrow x = 1$. d. Faux car $x^2 - 1 = 0 \Leftrightarrow x = 1$ ou $x = -1$. 2 a. Faux. C'est – 3. b. Faux car $f(-1) = 5(-1)^2 - 3(-1) + 1 = 5 + 3 + 1 = 9$. c. Faux. La fonction n'est pas définie en 1. d. Faux, elle peut en avoir d'autres. 3 a. Faux. Un carré n'est pas négatif ; –2 n'a aucun antécédent par la fonction « carré ». b. Vrai. C'est $-\frac{1}{2}$. c. Faux. Si la fonction est constante, on peut en avoir une infinité ou aucun. d. Vrai. 4 a. Vrai. b. Faux. c. Vrai. d. Faux.

Fonctions affines

FICHE 21

I Définition

- Une fonction **affine** est définie sur $\mathbb{R}$ par $x \mapsto ax + b$.
- Cas particuliers :
  - si $a = 0$, la fonction est **constante** ;
  - si $b = 0$, la fonction est **linéaire**, et si $a \neq 0$, cela traduit une relation de proportionnalité entre les valeurs de x et celles de $f(x)$. a est alors le **coefficient de proportionnalité**.
- Si x_1 et x_2 sont deux réels distincts, il n'existe qu'une seule fonction affine f telle que $y_1 = f(x_1)$ et $y_2 = f(x_2)$. Une expression de cette fonction est de la forme $f(x) = ax + b$ avec $a = \dfrac{f(x_1) - f(x_2)}{x_1 - x_2}$ et $b = f(x_1) - ax_1$.

Exemples

1. Soit f la fonction affine définie par $f(4) = 1$ et $f(-1) = 2$. Déterminer son expression en fonction de la variable x.

On utilise la propriété précédente avec $x_1 = 4$, $y_1 = 1$, $x_2 = -1$, $y_2 = 2$.

Alors $a = \dfrac{f(x_1) - f(x_2)}{x_1 - x_2} = \dfrac{y_1 - y_2}{x_1 - x_2} = \dfrac{1 - 2}{4 - (-1)} = -\dfrac{1}{5}$.

Par ailleurs : $b = f(x_1) - ax_1 = y_1 - ax_1 = 1 - \left(-\dfrac{1}{5}\right) \times 4 = 1 + \dfrac{4}{5} = \dfrac{9}{5}$.

On remarquera qu'on aurait aussi pu écrire :

$$b = f(x_2) - ax_2 = y_2 - ax_2 = 2 - \left(-\frac{1}{5}\right) \times (-1) = 2 - \frac{1}{5} = \frac{9}{5}.$$

Ainsi, l'expression cherchée est : $\forall x \in \mathbb{R}$, $f(x) = -\dfrac{1}{5}x + \dfrac{9}{5}$.

2. Calculer l'image du réel 4 par la fonction précédente.

$f(4) = -\dfrac{1}{5} \times 4 + \dfrac{9}{5} = \dfrac{5}{5} = 1$.

- La courbe d'une fonction affine $x \mapsto ax + b$ est une droite de **coefficient directeur** a et **d'ordonnée à l'origine** b :
  - si $a = 0$, la droite est parallèle à l'axe des abscisses ;
  - si $b = 0$, la droite passe par l'origine du repère.

II Tableau de signes

Soit $ax + b$ l'expression d'une fonction affine, avec $a \neq 0$.

$$ax + b = 0 \Leftrightarrow x = -\frac{b}{a}$$

x	$-\infty$		$-\frac{b}{a}$		$+\infty$
$ax + b$		signe de $-a$	0	signe de a	

Exemples

1. Donner le tableau de signes de la fonction $f(x) = -\frac{2}{3}x + 5$.

On résout $-\frac{2}{3}x + 5 = 0$ où on calcule $-\frac{b}{a} = -\frac{5}{-\frac{2}{3}} = \frac{15}{2}$.

Comme $a = -\frac{2}{3} < 0$, le tableau de signes est le suivant.

x	$-\infty$		$\frac{15}{2}$		$+\infty$
$-\frac{2}{3}x + 5$		+	0	−	

2. Résoudre l'inéquation $\frac{4x-1}{x+2} > 0$.

$4x - 1 = 0 \Leftrightarrow x = \frac{1}{4}$; $x + 2 = 0 \Leftrightarrow x = -2$.

x	$-\infty$		-2		$\frac{1}{4}$		$+\infty$
$4x - 1$		−		−	0	+	
$x + 2$		−	0	+		+	
$\frac{4x-1}{x+2}$		+	‖	−	0	+	

La dernière ligne se remplit en utilisant la règle des signes. On en déduit :

$$\frac{4x-1}{x+2} > 0 \Leftrightarrow x \in]-\infty ; -2[\cup \left]\frac{1}{4} ; +\infty\right[.$$

Attention : il y a une valeur interdite, celle qui annule le dénominateur (→ *voir fiche 15*).

III Variations

On suppose $f(x) = ax + b$ pour tout réel x.

- Si $a > 0$, alors f est strictement **croissante** sur $\mathbb{R}$.
- Si $a = 0$, alors f est **constante** sur $\mathbb{R}$.
- Si $a < 0$, alors f est strictement **décroissante** sur $\mathbb{R}$.

Résoudre des équations ou des inéquations

FICHE 22

I Principe

Pour résoudre une (in)équation, il convient de raisonner par **équivalences**. Le symbole de l'équivalence est $\Leftrightarrow$. Une équivalence s'écrit entre deux **propositions** : ce sont des assertions dont on peut dire qu'elles sont toutes les deux **vraies** ou toutes les deux **fausses**.

Exemple : $x^2 = 1 \Leftrightarrow x = 1$ ou $x = -1$ car, de part et d'autre du symbole $\Leftrightarrow$, les propositions sont toutes deux vraies en même temps.

II Méthodes algébriques

1. Équations produit nul

Un produit est nul si, et seulement si, l'un des facteurs est nul.

Exemple : résoudre l'équation $x^3 - 5x^2 = 0$.
$x^3 - 5x^2 = 0 \Leftrightarrow x^2(x-5) = 0 \Leftrightarrow x^2 = 0$ ou $x - 5 = 0 \Leftrightarrow x = 0$ ou $x = 5$.

2. Inéquations

Quand on doit résoudre une inéquation, on peut dresser un **tableau de signes**.

Exemple : résoudre l'inéquation $x^3 \geqslant 5x^2$.

$x^3 \geqslant 5x^2 \Leftrightarrow x^3 - 5x^2 \geqslant 0 \Leftrightarrow x^2(x-5) \geqslant 0$

x	$-\infty$		0		5		$+\infty$
x^2		$+$	0	$+$	|	$+$	
$x-5$		$-$	|	$-$	0	$+$	
$x^2(x-5)$		$-$	0	$-$	0	$+$	

Les solutions de l'inéquation sont les réels de $]-\infty\,;0] \cup [5\,;+\infty[$.

3. Avec la fonction « carré »

Avec la fonction « carré », on se donne un réel a.

- Si $a < 0$, alors l'équation $x^2 = a$ n'a aucune solution.
- Si $a = 0$, alors l'équation $x^2 = a$ a une unique solution, $x = 0$.
- Si $a > 0$, alors l'équation $x^2 = a$ a deux solutions distinctes $x = \sqrt{a}$ et $x = -\sqrt{a}$.

Inéquations	$x^2 < a$	$x^2 \leqslant a$	$x^2 > a$	$x^2 \geqslant a$
$a < 0$	Pas de solution	Pas de solution	$\mathbb{R}$	$\mathbb{R}$
$a = 0$	Pas de solution	$x = 0$	$\mathbb{R}^*$	$\mathbb{R}$
$a > 0$	$x \in]-\sqrt{a}\ ;\ \sqrt{a}[$	$x \in \left[-\sqrt{a}\ ;\ \sqrt{a}\right]$	$x \in]-\infty\ ;\ -\sqrt{a}[\cup]\sqrt{a}\ ;\ +\infty[$	$x \in]-\infty\ ;\ -\sqrt{a}] \cup [\sqrt{a}\ ;\ +\infty[$

4. Avec des quotients

Pour tout nombre $B \neq 0$, $D \neq 0$: $\dfrac{A}{B} = \dfrac{C}{D} \Leftrightarrow AD = BC$.

III Méthodes graphiques

- On considère une fonction f définie sur un intervalle I. Soit k un réel quelconque.
- Résoudre l'équation $f(x) = k$, c'est déterminer les abscisses des points de la courbe de f dont l'ordonnée est k.
- Résoudre l'inéquation $f(x) < k$ (ou $f(x) \leqslant k$), c'est déterminer les abscisses des points de la courbe de f dont l'ordonnée est strictement inférieure (ou inférieure ou égale) à k.
- Résoudre l'inéquation $f(x) > k$ (ou $f(x) \geqslant k$), c'est déterminer les abscisses des points de la courbe de f dont l'ordonnée est strictement supérieure (ou supérieure ou égale) à k.

Exemple

On considère la fonction f définie sur $I = [-3\ ;\ 3]$ et $k = 4{,}6$.

Les solutions de $f(x) = 4{,}6$ sont les réels environ égaux à 2,2 et –2,2.

Les solutions de $f(x) \leqslant 4{,}6$ sont les réels de $[-2{,}2\ ;\ 2{,}2]$.

Les solutions de $f(x) > 4{,}6$ sont les réels de $[-3\ ;\ -2{,}2[\cup]2{,}2\ ;\ 3]$.

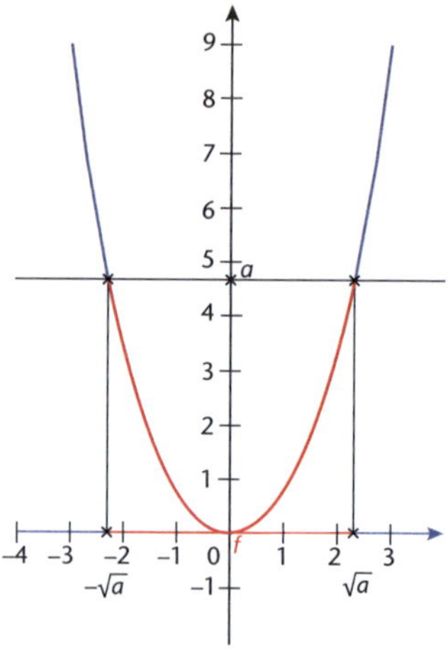

Un exemple de fonctions pour modéliser

FICHE 23

I Les fonctions homographiques

- Une fonction homographique f peut s'exprimer comme le **quotient de deux fonctions affines**.
- Il existe quatre réels a, b, c, d tels que $f(x) = \dfrac{ax+b}{cx+d}$.
- Le réel c n'est pas nul.
- La fonction f n'est pas définie en la valeur $-\dfrac{d}{c}$.
- La fonction **« inverse »** est une fonction homographique particulière ($a = 0$, $b = 1$, $c = 1$, $d = 0$).
- La courbe de la fonction f est une **hyperbole**.

Exemple : donner l'ensemble de définition de la fonction f définie par $f(x) = \dfrac{6x-5}{3x-1}$. Montrer qu'alors $f(x) = 2 - \dfrac{3}{3x-1}$.

$f(x)$ existe si, et seulement si, $3x - 1 \neq 0$.

Donc f est définie sur $\mathbb{R} \setminus \left\{\dfrac{1}{3}\right\}$.

Soit $x \neq \dfrac{1}{3}$; $2 - \dfrac{3}{3x-1} = \dfrac{2(3x-1)}{3x-1} - \dfrac{3}{3x-1} = \dfrac{6x-2-3}{3x-1} = \dfrac{6x-5}{3x-1}$.

II Étude d'une situation : la vitesse moyenne

- Un automobiliste effectue un aller-retour entre deux villes A et B. L'aller se fait à la vitesse moyenne de 80 km.h^{-1}. Le retour s'effectue à la vitesse moyenne inconnue de x km.h^{-1}.

Notons d la distance qui sépare les deux villes, t_1 le temps de trajet pour l'aller et t_2 celui pour le retour.

- Puisque $v = \dfrac{d}{t}$, on peut donc écrire : $t_1 = \dfrac{d}{80}$ et $t_2 = \dfrac{d}{x}$.

Le temps total de parcours est donc :

$$t = t_1 + t_2 = d\left(\frac{1}{80} + \frac{1}{x}\right) = \frac{d(80+x)}{80x}.$$

- La vitesse sur l'aller-retour, donc sur un trajet total d'une distance $2d$, est :

$$\frac{2d}{\dfrac{d(80+x)}{80x}} = \frac{2d}{d} \times \frac{80x}{80+x} = \frac{160x}{80+x}.$$

• On pose, pour tout $x \in]0\,;\,130]$: $h(x) = \dfrac{160x}{80 + x}$. Calculons la vitesse moyenne sur l'aller-retour si la vitesse moyenne sur le retour est de 20 $km.h^{-1}$:

$$h(20) = 160 \times \frac{20}{80 + 20} = \frac{3\,200}{100} = 32 \text{ km.h}^{-1}.$$

• Peut-on avoir une vitesse moyenne sur l'aller-retour égale à 60 $km.h^{-1}$?

On résout l'équation :

$$h(x) = 60 \Leftrightarrow \frac{160x}{80 + x} = 60 \Leftrightarrow 160x = 60(80 + x)$$

$$\Leftrightarrow 160x = 4800 + 60x \Leftrightarrow 100x = 4800 \Leftrightarrow x = 48.$$

Il faut donc avoir parcouru le retour à 48 $km.h^{-1}$.

• Le logiciel Geogebra fournit la courbe suivante.

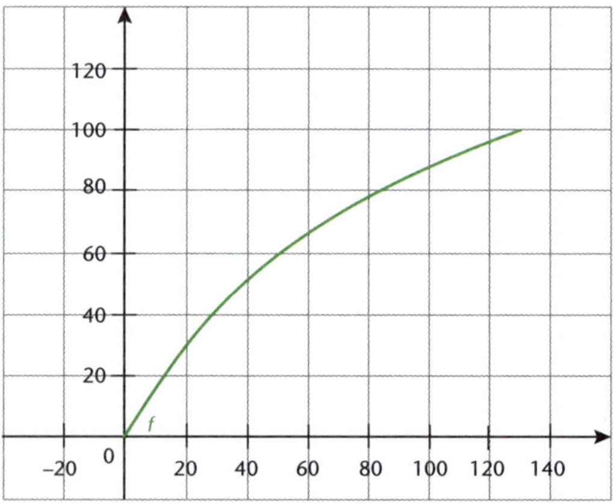

Dans la zone de création d'objets, on tape :

$f(x)$=160x / (80 + x), 0 < x <130.

• On observe qu'on ne dépassera pas 100 $km.h^{-1}$ en vitesse moyenne (le maximum de h est obtenu pour $x = 130$).

Fonctions et algèbre

TEST-BILAN

→ *Réponses au verso.*

Vrai ou faux ? Cochez les affirmations qui sont vraies.

1 Modéliser avec des fonctions affines

a. ○ On prend un taxi. La prise en charge est de 2 € et on paye 1 € au kilomètre. Pour x km, on paye $2x + 1$.

b. ○ Un ressort mesure à vide 10 cm. Son allongement est proportionnel à la masse qu'on lui accroche. Alors sa longueur avec une masse de m grammes peut être donnée par $l = 10 + 2m$.

c. ○ La fonction « carré » est affine.

d. ○ La fonction « inverse » est affine.

2 Variations des fonctions affines

a. ○ La fonction $x \mapsto \frac{1}{3}x - 2$ est décroissante.

b. ○ La fonction $x \mapsto 2x - 10$ est croissante.

c. ○ La fonction $x \mapsto \frac{1}{3}x - 2 + \frac{2}{3}x - 4 - x$ est strictement croissante.

d. ○ La fonction affine telle que $f(2) = 1$ et $f(3) = 0$ est strictement décroissante.

3 Équations $f(x) = 0$

a. ○ Si pour tout réel x on a $f(x) = x^3 - 4$, alors on peut trouver une solution de l'équation $x^3 = 4$ uniquement par dichotomie.

b. ○ $x^2 = 3$ a pour unique solution $\sqrt{3}$.

c. ○ $x^2 + 1 = 0$ n'a pas de solution dans $\mathbb{R}$.

d. ○ Une lecture graphique remplace une démonstration ou un calcul.

❹ Inéquations et fonctions

a. ◯ Si, pour tout réel x, on a $f(x) = x^3 - 4$, alors on peut trouver une solution de l'équation $x^3 \leqslant 4$ uniquement par dichotomie.

b. ◯ $x^2 \leqslant 3$ a pour solutions les réels de $[0 ; \sqrt{3}]$.

c. ◯ $x^2 + 1 \geqslant 0$ n'a pas de solution dans $\mathbb{R}$.

d. ◯ $x^2 + 1 < 0$ n'a pas de solution dans $\mathbb{R}$.

SCHÉMA-BILAN

Résolution d'équations avec des fonctions

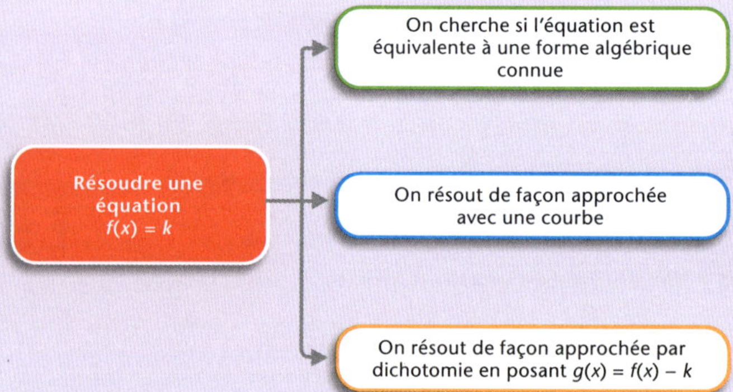

Réponses :

❶ **a.** Faux. On paiera $2 + 1x = 2 + x$. **b.** Vrai, si le coefficient de proportionnalité, appelé constante de raideur du ressort, vaut 2. **c.** Faux. **d.** Faux. ❷ **a.** Faux car $\frac{1}{3} > 0$. **b.** Vrai. $2 > 0$. **c.** Faux. Elle est constante car $\frac{1}{3}x - 2 + \frac{2}{3}x - 4 - x = -6$. **d.** Vrai. ❸ **a.** Faux. On peut aussi utiliser une courbe qui donnera une valeur approchée, tout comme la dichotomie. **b.** Faux. L'équation admet deux solutions : $\sqrt{3}$ et $-\sqrt{3}$. **c.** Vrai. **d.** Faux. ❹ **a.** Faux. La dichotomie permet de résoudre des équations. **b.** Faux. Les solutions sont les réels de $[-\sqrt{3} ; \sqrt{3}]$. **c.** Faux. Tous les réels sont solutions. **d.** Vrai car $x^2 + 1$ est positif pour tout x de $\mathbb{R}$.

Étude d'une fonction et modélisation

Sujet

Un oiseau effectue un plongeon dans l'eau afin d'aller pêcher un poisson.
Sa trajectoire est modélisée par la courbe de la fonction f définie sur $[0 ; 7]$ par $f(x) = x^2 - 8x + 12$. $f(x)$ représente l'altitude en mètres du volatile par rapport à la surface de l'eau, quand il est à une distance horizontale de x mètres de son point de départ.

1. Quelle est l'altitude de départ de l'oiseau ?
2. Écrivez une fonction en Python qui calcule $f(x)$ à partir de l'entrée x.
3. Pour quelle valeur de x l'altitude de l'oiseau est-elle 12 mètres ?
4. Montrez que, pour tout réel $x \in [0 ; 7]$, on a :

$$f(x) = (x - 2)(x - 6).$$

5. Déduisez-en les moments au cours desquels l'oiseau est sous l'eau.
6. Montrez que $f(x) = (x - 4)^2 - 4$.

Avant de commencer

▶ Lire l'énoncé en entier afin de vérifier si l'on a bien compris le problème.

▶ Pour chaque question, déterminer le point du cours dont il s'agit.

▶ Tracer la courbe de la fonction à la calculatrice pour mieux visualiser.

À quelle profondeur maximale le poisson plonge-t-il ?

→ **Vous devez calculer une image. Remplacez x par la valeur 0 dans l'expression de $f(x)$.**

1. Le départ de l'oiseau correspond à $x = 0$. L'altitude de départ est $f(0) = 12$.

Définissez une fonction en Python avec « def » ; n'oubliez pas l'indentation ni « return ».

2.

```
def f(x)
   return x**2-8*x+12
```

Déterminez un antécédent.

3. Déterminer à quel endroit une altitude est atteinte, c'est déterminer un antécédent.
On doit donc résoudre par l'algèbre l'équation $f(x) = 12$.

Pensez aux équivalences et utilisez la factorisation et la règle sur les produits nuls.

3. L'altitude 12 est atteinte pour tout réel $x \in [0 ; 7]$ tel que $f(x) = 12$.

$$\begin{aligned} f(x) = 12 &\Leftrightarrow x^2 - 8x + 12 = 12 \\ &\Leftrightarrow x^2 - 8x = 0 \\ &\Leftrightarrow x(x - 8) = 0 \\ &\Leftrightarrow x = 0 \text{ ou } x = 8. \end{aligned}$$

Ne retenez que les solutions qui appartiennent à l'ensemble de définition [0 ; 7].

3. Seul 0 est solution.

Développez $(x - 2)(x - 6)$ pour trouver $f(x)$.

4. Soit $x \in [0 ; 7]$: $(x - 2)(x - 6) = x^2 - 8x + 12 = f(x)$.

Dressez un tableau des signes.

5.

x	0		2		6		7
$x - 2$		–	0	+		+	
$x - 6$		–		–	0	+	
$f(x)$		+	0	–	0	+	

L'oiseau est sous l'eau pour $x \in]2 ; 6[$.

Un carré est toujours positif. On en déduit une inégalité.

6. $(x - 4)^2 \geqslant 0$ donc $(x - 4)^2 - 4 \geqslant -4$.
Or, $f(4) = (4 - 4)^2 - 4 = -4$. Le poisson plonge, au plus profond, à 4 mètres.

Études statistiques

FICHE 26

I Théorie

La **statistique descriptive** consiste à étudier une **population** composée d'**individus** du point de vue d'un **caractère** qui peut être **quantitatif** ou **qualitatif**. Ces termes doivent être pris au sens large.

Exemples

• Population : élèves d'un lycée ;
individus : chacun des élèves ;
caractère étudié : le nombre d'amis sur un réseau social donné.
C'est un caractère quantitatif, qui se mesure par un nombre entier.

• Population : boîtes de petits pois produites dans une usine ;
individus : chacune des boîtes ;
caractère étudié : la masse en grammes.
En effet, le remplissage automatique ou manuel des boîtes est calibré mais ne donne pas nécessairement exactement la masse écrite sur l'emballage. Néanmoins, si la différence de masse est faible, cela ne pose pas de problème. C'est une question qu'un laboratoire de contrôle de qualité d'une entreprise peut se poser.
C'est un caractère quantitatif, qui se mesure par un nombre réel.

• Population : bébé nés à une date donnée dans un hôpital ;
individus : chacun des bébés ;
caractère étudié : la couleur des yeux des bébés deux ans plus tard.
Le caractère étudié est qualitatif (ne se mesure pas par un nombre).

II Analyse statistique

• L'**effectif** d'une valeur d'un caractère est le nombre de fois où cette valeur apparaît.

• Le nombre d'individus de la population est **l'effectif total**.

• La **fréquence** d'une valeur est le quotient de l'effectif de cette valeur par l'effectif total :

$$\text{Fréquence de la valeur} = \frac{\text{effectif de la valeur}}{\text{effectif total}}.$$

La fréquence d'une valeur est toujours un nombre compris **entre 0 et 1**.

Exemples

1. Tableau donnant le nombre d'enfants âgés de 0 à 16 ans dans un échantillon de 100 familles.

Nombres d'enfants	0	1	2	3	4	5
Effectif	50	23	9	15	2	1
Effectifs cumulés croissants	50	73	82	97	99	100

Interprétations :

• 73 représente le nombre de familles qui ont eu 0 ou 1 enfant ;

• 97 représente le nombre de familles qui ont eu, au plus, 3 enfants.

2. Tableau donnant la répartition des masses des nouveau-nés dans un hôpital.

Masse (en kg)	Fréquence	Fréquences cumulées décroissantes
[2,5 ; 3[	0,15	1
[3 ; 3,5[	0,32	0,85
[3,5 ; 4[	0,4	0,53
[4 ; 4,5[	0,13	0,13

Interprétations :

• 85 % de ces nouveau-nés ont une masse supérieure à 3 kg ;

• 53 % de ces nouveau-nés ont une masse supérieure à 3,5 kg.

• Une fréquence peut s'exprimer en pourcentage. C'est aussi une **proportion**.

Exemple : une fréquence de $f = 0,2856$ équivaut à un pourcentage de $t = 28,56$ % car $0,2856 = \frac{28,56}{100}$.

• $f = \frac{t}{100}$ ou $t = 100f$.

• Partie d'une partie : prendre t % d'une partie qui représente T % d'une population totale revient à prendre $\frac{tT}{100}$ % de l'ensemble de la population.

Exemple : une association regroupe 40 % de philatélistes, dont 12,5 % sont spécialistes des timbres de l'ex-URSS.

Ils représentent $\frac{40 \times 12,5}{100} = 5\%$ du total.

Études statistiques : paramètres

FICHE 27

I Paramètres résumés d'une série statistique

1. Paramètres de position

Valeur	x_1	x_2	…	x_p
Effectif	n_1	n_2	…	n_p

Effectif total : $N = n_1 + n_2 + \ldots + n_p$.

• Pour un caractère à p valeurs, appelées **modalités**, la **moyenne** de cette série statistique est le réel noté $\overline{x}$ tel que :

$\overline{x} = \dfrac{n_1x_1 + n_2x_2 + \ldots + n_px_p}{N}$. Cette moyenne est **pondérée**.

• On peut calculer la moyenne $\overline{x}$ à partir des fréquences :
$\overline{x} = f_1x_1 + f_2x_2 + \ldots + f_px_p$.

• La moyenne est linéaire : si l'on transforme des valeurs x de moyenne $\overline{x}$ en $ax + b$, alors la moyenne des nouvelles valeurs est $a\overline{x} + b$.

> **Exemple :** un professeur décide d'augmenter la moyenne de 20 %, en ajoutant 2 points ensuite à chaque élève. Ainsi, si x est une note, elle sera transformée en $1,2x + 2$.
> Si la moyenne finale est 11, alors la moyenne initiale vérifie $11 = 1,2\overline{x} + 2$, d'où $\overline{x} = \dfrac{9}{1,2} = 7,5$.

• Le **centre** d'un intervalle $[a\,;\,b]$ est le nombre $\dfrac{a+b}{2}$.

• La **médiane** de cette série est :

• quand N est **impair**, la $\dfrac{N+1}{2}^{e}$ **valeur** de la série ;

• quand N est **pair**, la valeur au centre de l'intervalle **entre la** $\dfrac{N}{2}^{e}$ **et la** $\dfrac{N}{2} + 1^{e}$ **valeur** de la série.

• Le **premier quartile** est le plus petit élément Q_1 des valeurs des termes de la série, tel qu'au moins 25 % des données sont inférieures ou égales à Q_1. Idem pour le troisième quartile Q_3 avec 75 %.

Exemple : temps en minutes consacré à la lecture du journal quotidien chez 16 personnes :
15 13 1 9 17 19 13 10 4 8 6 8 14 12 14 9
On range les seize valeurs dans l'ordre croissant.

- Médiane : il y a 16 valeurs donc la médiane est au milieu de la 8ᵉ et de la 9ᵉ valeur, c'est-à-dire 11 minutes.
- Premier quartile : 25 % de 16 personnes est égal à 4, donc le premier quartile est la 4ᵉ valeur. $Q_1 = 8$ minutes.
- Troisième quartile : 12ᵉ valeur, $Q_3 = 14$ minutes.

2. Paramètres de dispersion

- La différence entre la plus grande et la plus petite donnée d'une série est l'**étendue**.

- La différence entre le troisième quartile et le premier quartile ($Q_3 - Q_1$) est l'**écart interquartile**.

II Exemple : notes d'un devoir

Note sur 20	7	8	9	10	11	12	13	14	15
Effectif	2	3	5	2	1	6	3	3	2
Effectifs cumulés croissants	2	5	10	12	13	19	22	25	27

- **Paramètres de position**

- Moyenne : $\bar{x} = \dfrac{297}{27} = 11$.
- Médiane : il y a 27 valeurs donc la médiane est la 14ᵉ valeur, c'est-à-dire 12.
- Premier quartile : 25 % de 27 personnes est égal à 6,75 donc le premier quartile est la 7ᵉ valeur ; $Q_1 = 9$.
- Troisième quartile : 75 % de 16 personnes est égal à 20,25 donc le troisième quartile est la 21ᵉ valeur donc $Q_3 = 13$.

Avec la calculatrice

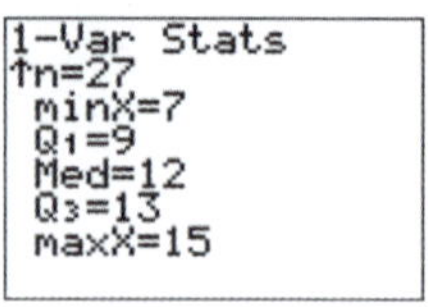

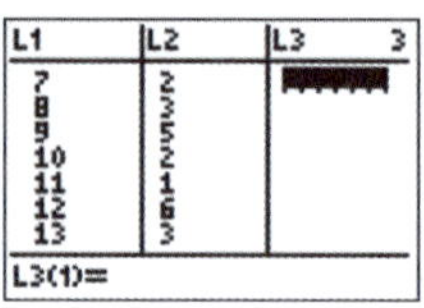

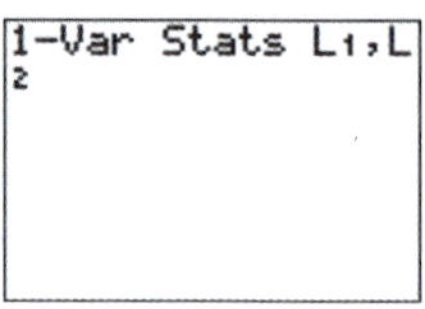

- **Paramètres de dispersion**

- L'étendue est 15 – 7 = 8 et l'écart interquartile est 13 – 9 = 4.

Évolutions

I Pourcentage d'évolution

- Quand une grandeur passe d'une valeur V_d (valeur de départ) à une valeur V_a (valeur d'arrivée), son **évolution** peut se mesure de plusieurs façons :
  - par une **variation absolue** : $V_a - V_d$;
  - par une **variation relative** : $\frac{V_a - V_d}{V_d}$ exprimable par un **pourcentage** t % ;
  - par un nombre appelé **coefficient multiplicateur** qui peut être noté CM.
- Dans un tel cas, le pourcentage peut être **négatif** ou **dépasser 1**. Si une évolution correspond à t % alors le coefficient multiplicateur est $CM = 1 + \frac{t}{100}$.
- $t = 100(CM - 1)$ %

Tableau des variations selon le Coefficient Multiplicateur

%	0	+100 %	+20 %	+200 %	+4,05 %	–25 %	–90 %	–100 %
CM	× 1	× 2	× 1,20	× 3	× 1,0405	× 0,75	× 0,1	× 0
Traduction	stagnation	hausse				baisse		perte totale

- On a la relation fondamentale : $V_a = CM \times V_d$.

Exemple : le PIB par habitant est passé en France de 36 870,22 (V_d) en 2016 à 38 476,66 (V_a) en 2017 en dollars américains.

La **variation absolue** est donc 38 476,66 – 36 870,22 = 1 606,44.

La **variation relative** est $\frac{38\,476{,}66 - 36\,870{,}22}{36\,870{,}22} \cong 0{,}0436 = 4{,}36\ \%$.

Le **coefficient multiplicateur** est 1,0436.

Entre 2015 et 2016, l'évolution fut de 0,7 %.

Donc, si on note V_d la valeur en 2015, on a $36\,870{,}22 = 1{,}007 \times V_d$ et donc $V_d = \frac{36\,870{,}22}{1{,}007} \cong 36\,614$.

II Évolutions consécutives et réciproque

- Quand deux évolutions d'une même grandeur évoluent consécutivement, on **multiplie** les coefficients multiplicateurs :

$CM_{global} = CM_1 \times CM_2 \times \ldots \times CM_{final}$.

- On ne doit surtout pas additionner les pourcentages d'évolution.

Exemple : un téléphone sort sous un nouveau modèle, ce qui génère une augmentation de 20 % de son prix, qui atteint désormais 600 €. Un an plus tard, ce prix a baissé de 120 €. Cette dernière baisse correspond à $\frac{V_a - V_d}{V_d} = \frac{-120}{600} = -\frac{1}{5} = -20\ \%$.

En revanche, l'évolution globale n'est pas une stagnation. En effet, la première évolution correspond à un coefficient multiplicateur $CM_1 = 1{,}2$ et la seconde à $CM_2 = 0{,}8$.

Ainsi, globalement, le coefficient multiplicateur est :

$CM_1 \times CM_2 = 1{,}2 \times 0{,}8 = 0{,}96 \neq 1$.

Or, $t = 100(CM - 1) = 100 \times (0{,}96 - 1) = 100 \times (-0{,}04) = -4$.

Par conséquent, le prix a globalement diminué de 4 % suite aux deux évolutions successives.

- Quand deux évolutions se succèdent, pour revenir à la valeur de départ, le deuxième coefficient multiplicateur est le **coefficient multiplicateur réciproque** du premier $CM_{réciproque} = \frac{1}{CM_{initial}}$.

Exemple : pour revenir au prix initial suite à une augmentation de 20 %, le deuxième coefficient multiplicateur est :

$CM_{réciproque} = \frac{1}{CM_{initial}} = \frac{1}{1{,}2} = \frac{1}{\frac{6}{5}} = \frac{5}{6} = -\frac{1}{6}$. Or $\frac{1}{6} \cong 16{,}7\ \%$.

Cela représente une augmentation de 20 %, compensée par une baisse de 16,7 % environ. Et cela, quelles que soient les valeurs !

De la même façon, une baisse de 20 % compense une hausse calculée par $CM_{hausse} = \frac{1}{\frac{4}{5}} = \frac{5}{4} = 1{,}25$.

Statistiques descriptives

TEST-BILAN

→ *Réponses au verso.*

Vrai ou faux ? Cochez les affirmations qui sont vraies.

On considère la série suivante :
1 ; 3 ; 1 ; 2 ; 3 ; 4 ; 3 ; 2 ; 3 ; 1 ; 3 ; 2.

1 Description d'une série

a. ○ L'effectif total est 4.

b. ○ Les effectifs cumulés sont 3 ; 6 ; 11 ; 12.

c. ○ La fréquence des résultats supérieurs ou égaux à 3 est $\frac{1}{2}$.

d. ○ La série est qualitative.

2 Moyenne

a. ○ La moyenne de la série est $\frac{7}{3}$.

b. ○ Si on ajoute 5 fois la même valeur à cette série, alors la moyenne devient 3. La valeur ajoutée 5 fois est donc 4,6.

c. ○ On enlève la plus petite valeur de la série initiale. Alors la moyenne diminue et la médiane aussi.

d. ○ La moyenne est égale à la médiane.

3 Médiane et quartiles

a. ○ Pour calculer un quartile, il n'est pas nécessaire d'ordonner la série.

b. ○ La médiane est 2.

c. ○ Le premier quartile est 1.

d. ○ L'étendue de la série est 3.

4 Programmation

a. ◯ Pour définir la série précédente avec Python, on écrit : « L=[1,1,1,2,2,2,3,3,3,3,3,4] ».

b. ◯ L'effectif total est obtenu par « len(L) ».

c. ◯ La moyenne s'obtient par « sum(L) ».

d. ◯ Le calcul de la médiane peut se faire par « statistics.median(L) ».

SCHÉMA-BILAN

Mener une étude statistique

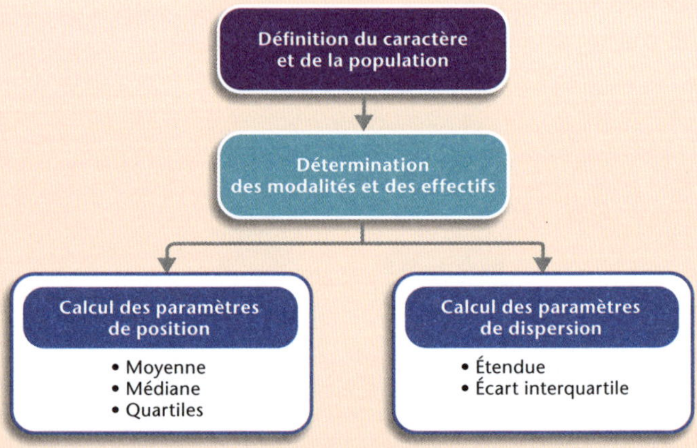

Réponses :

1 **a.** Faux. 4 est le nombre de modalités ; 12 est l'effectif total. **b.** Vrai, après avoir rangé les données dans l'ordre croissant. **c.** Vrai. Il y a 6 résultats supérieurs ou égaux à 3 sur 12, soit une fréquence $\frac{6}{12} = \frac{1}{2}$. **d.** Faux. Elle est quantitative.
2 **a.** Vrai. La somme des valeurs est 28, donc la moyenne de la série est $\frac{28}{12} = \frac{7}{3}$. **b.** Vrai. On résout $\frac{28 + 5x}{17} = 3$ d'où $x = \frac{23}{5} = 4{,}6$. **c.** Faux. Dans ce cas, seule la moyenne diminue. **d.** Faux. **3** **a.** Faux. **b.** Faux. C'est 2,5. **c.** Vrai. **d.** Vrai, c'est 4 – 1. **4** **a.** Vrai. **b.** Vrai. **c.** Faux ; par « sum(L)/len(L) ». **d.** Vrai. Statistics est une bibliothèque d'instructions dédiée aux statistiques.

Réaliser une simulation

FICHE 30

I Simuler

- Tout ordinateur (ou calculatrice) dispose d'un **générateur de nombres aléatoires**. Il en existe de plusieurs types mais la plupart fonctionnent de la même façon.
- Une instruction spécifique produit un nombre réel appartenant à l'intervalle $[0 ; 1]$ ou un entier dans un intervalle donné.
- On notera que si un nombre r appartient à l'intervalle $[0 ; 1[$, alors, pour tout entier naturel n, le nombre $nx + 1$ appartient à $[1 ; n + 1[$. Si on note $\lfloor nx + 1 \rfloor$ l'entier juste inférieur ou égal à $nx + 1$, alors on produit ainsi un nombre entier dans $[1 ; n]$ aléatoirement. $\lfloor nx + 1 \rfloor$ est appelé **partie entière** de $nx + 1$.
- Si on produit plusieurs nombres aléatoirement, on dit qu'on produit un **échantillon** et qu'on a **simulé une loi de probabilité**. Le nombre de valeurs simulées est la **taille** de l'échantillon.

II Avec la calculatrice

CASIO	T.I.
Ran# s'obtient par OPTN PROB	rand ou rand() s'obtient par OPTN PROB
On génère ainsi un nombre aléatoire dans [0 ; 1[.	
Pour simuler un nombre entier aléatoire, on utilisera donc l'instruction partie entière :	
Int	partEnt(

III Avec Python

- Un échantillon peut être simulé dans une **liste**.
- Pour générer des nombres aléatoires, on doit importer une bibliothèque spécifique par « **import random** ».
- L'instruction « **random.random()** » fournit un réel choisi aléatoirement dans l'intervalle $[0;1[$.
- L'instruction « **random.randint(1,50)** » fournit un entier choisi aléatoirement dans l'intervalle $[1;50]$.

- Si on veut produire un échantillon de taille N ∈ $\mathbb{N}^*$, on écrit : « [random.randint(1,50) for i in range(N)] ». Il faut que N ait été affecté au préalable.
- « random.choice(liste) » permet de tirer aléatoirement un élément d'une « liste ».
- Calcul de la **moyenne** d'une série ou des valeurs d'une liste (voir ci-contre).

```
def moyenne(liste):
    n = len(liste)
    s = 0
    for x in liste:
    s = s + x
    return s/n
```

- Calcul de la **médiane** d'une série ou des valeurs d'une liste :

```
def mediane(liste):
    n = len(liste)
    liste.sort()          # on trie les valeurs de la liste dans l'ordre croissant
    l'ordre croissant
    if n%2 == 0:          # on teste si l'effectif total est pair
    return (liste[n//2]+ liste[n//2-1])/2
                          # si oui, on retourne la moyenne du n/2 e et
                          du (n/2 + 1) e terme de la liste
    else:
    return liste[(n+1)//2] # si on renvoie le ((n+1)/2) e terme
```

- Il existe des outils de production de graphiques.

IV Exemples

- Lancer 1 000 fois d'un dé à 6 faces : « [random.randint(1,50) for i in range(1000)] ».
- Gain à un jeu : on lance un dé à 6 faces et on gagne 2 € si on obtient 5 ou 6. Si on obtient 1, on gagne 1 €, sinon on perd 1 €. On peut mettre en place une fonction :

```
def jeu():
    de=random.randint(1,6) # on simule le résultat du dé à 6 faces
    if de > 4:
        gain = 2
    elif de == 1 : # test d'une égalité
        gain = 1 # affectation de la valeur 1 à la variable « gain »
    else :
        gain = –1
    return gain
```

Intervalle de fluctuation au seuil de 95 %

FICHE 31

I Population et échantillon

- On considère une population (composée d'individus) sur laquelle on étudie un caractère de proportion p.
- Un caractère est un aspect observable : taille de personnes, distance de trajets domicile-travail, couleur des yeux.
- On prélève un échantillon de taille n : tirage au sort de n individus dans la population. La fréquence d'apparition du caractère C dans cet échantillon est f, non nécessairement égale à p puisqu'il s'agit d'un échantillon aléatoire.
- Comme on travaille sur des échantillons, les fréquences observées f peuvent fluctuer entre les échantillons.
- Loi faible des grands nombres : lorsque la taille de l'échantillon est grande, sauf exception, la fréquence observée est proche de la probabilité.

II Étude des fluctuations

- On peut déterminer un intervalle de fluctuation.
- Pour $n > 25$ et $0{,}2 < p < 0{,}8$, la probabilité que la fréquence observée f appartienne à l'intervalle $I_{0,95} = \left[p - \frac{1}{\sqrt{n}}\ ;\ p + \frac{1}{\sqrt{n}}\right]$ est supérieure ou égale à 95 % (0,95).

III Comparaison population/échantillon

Population	Échantillon
Un caractère apparaît dans toute la population dans la proportion $p = \frac{m}{N}$. m est le nombre d'individus de la population qui présentent le caractère. N est le nombre total d'individus de la population.	On prélève n individus parmi N. On obtient alors un échantillon de taille n. On mesure, dans l'échantillon, la fréquence f d'apparition de ce caractère : $f = \frac{m'}{n}$. m' est le nombre d'individus de l'échantillon qui présentent le caractère.

IV Règle de décision

On en déduit une règle statistique utile dans les tests statistiques.

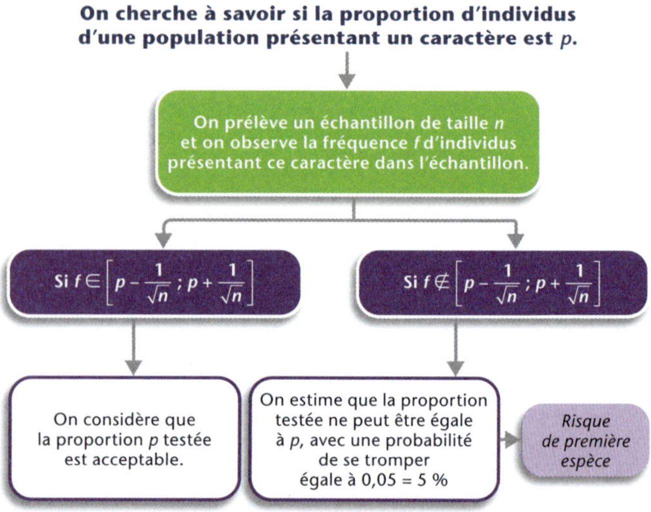

Exemple

Une agence de publicité fait une étude d'impact d'une campagne publicitaire pour un nouveau produit. On souhaite, dans un premier temps, que la proportion p de personnes dans la population qui ont eu connaissance du produit par la campagne publicitaire soit égale à 0,34. On fait une étude sur un échantillon de 500 personnes. On constate que le nombre de personnes connaissant ce nouveau produit est 171. Peut-on conclure que la campagne a atteint son objectif ?

On procède ici au test d'une proportion $p = 0{,}34$ par intervalle de fluctuation, par un échantillon de taille $n = 500$.

$$\mathrm{I} = \left[p - \frac{1}{\sqrt{n}} ; p + \frac{1}{\sqrt{n}}\right] = [0{,}295 ; 0{,}385]$$

Comme 171 personnes sur 500 présentent le caractère dans l'échantillon, $f = \frac{171}{500} = 0{,}342$.

Comme $0{,}342 \in \mathrm{I}$, on estime que la campagne a atteint son but.

Échantillonnage

TEST-BILAN

→ *Réponses au verso.*

Vrai ou faux ? Cochez les affirmations qui sont vraies.

1 Simulation

a. ○ On lance un dé à 6 faces : « random.randint(1,6) » est l'instruction Python associée.

b. ○ On lance deux dés à 6 faces et on additionne les résultats : « random.randint(2,12) » convient.

c. ○ On choisit un garçon parmi 12 et une fille parmi 18 pour former un binôme de délégués. On peut le faire grâce à « random.randint(1,12)+ random.randint(1,18) ».

d. ○ On choisit uniquement l'une des lettres du mot MATHS. On peut utiliser la liste « L=['M','A','T','H','S'] » et utiliser « L(random.randint(1,5)) ».

2 Production d'un échantillon

a. ○ On lance 100 fois un dé à 6 faces avec « sim=[random.randint(1,6) for i in range(100)] ».

b. ○ La moyenne des lancers est 3.

c. ○ La fréquence d'obtention du nombre 3 est obtenue par la syntaxe en Python ci-contre.

```
S=0
for valeur in sim :
    if valeur==3 :
        S+=1
```

d. ○ L'étendue des lancers de la série est 5.

3 Intervalle de fluctuation

a. ○ L'intervalle de fluctuation pour un échantillon de taille $n = 100$ pour une proportion $p = 0,5$ est [0,49 ; 0,51].

b. ○ Pour une proportion p donnée dans une population, si on augmente la taille n de l'échantillon, la taille de l'intervalle de fluctuation augmente aussi.

c. ◯ On simule un échantillon de taille $n = 100$ de lancers d'un dé à 6 faces. On s'intéresse à la fréquence d'obtention du 3. La probabilité que cette fréquence soit en dehors de l'intervalle de fluctuation est de 95 %.

d. ◯ La réponse à la question précédente correspond au programme Python suivant :

```
de=[random.randint(1,6) for i in range(100)]
S=0
for valeur in de :
        if valeur==3 :
                S+=1
if S/100<1/6-1/10 or S/100>1/6+1/10 :
        print('la fréquence n'est pas dans l'intervalle')
else :
        print('la fréquence est dans l'intervalle')
```

SCHÉMA-BILAN

Créer et interpréter des échantillons

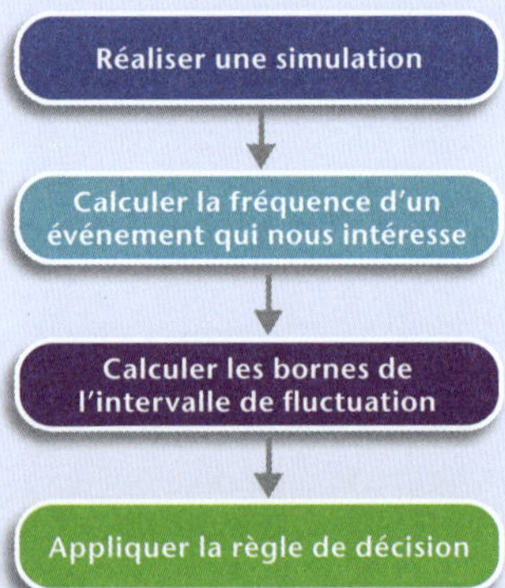

Réponses :

1 **a.** Vrai. **b.** Faux. Il faut considérer « random.randint(1,6) + random.randint(1,6) ». **c.** Vrai, si on numérote les garçons et les filles. **d.** Faux. Il faut utiliser « L(random.randint(0,4)) ». **2** **a.** Vrai. **b.** Faux. C'est aléatoire. **c.** Faux. Il faut diviser S par 100. **d.** Faux. Cela n'est vrai que si 1 et 6 sont dans l'échantillon simulé ; ce qui, bien que très probable, n'est pas sûr. **3** **a.** Faux. $\frac{1}{\sqrt{100}} = \frac{1}{10}$ donc l'intervalle de fluctuation est [0,4 ; 0,6]. **b.** Faux. C'est le contraire. **c.** Faux. c'est au plus 5 %. **d.** Vrai.

Probabilités : vocabulaire des événements

FICHE 33

En probabilités, on étudie des **phénomènes aléatoires** : le **hasard** intervient lors de la réalisation de l'**expérience**, si bien qu'on ne peut en déterminer *a priori* l'**issue**, le résultat. Toutefois, on doit pouvoir dresser la **liste** des issues possibles.

I Définitions

• L'ensemble des résultats possibles d'une expérience aléatoire est appelé l'**univers**. On le note souvent E ou Ω (omega).

• Un univers peut être représenté par un **diagramme de Venn**.

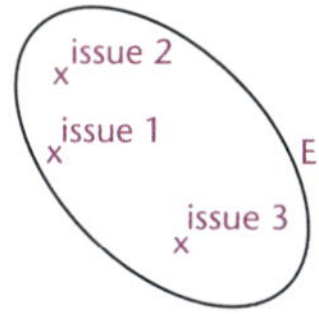

Diagramme de Venn

• Un **résultat** de l'expérience, appelé aussi **issue** (possible), est donc un élément de cet ensemble.
Il peut y avoir une infinité d'issues possibles mais, en Seconde, les univers n'auront qu'un nombre fini d'éléments, qu'on appelle le **cardinal de l'univers**, noté Card (E) ou Card (Ω).

• Un **événement** est un ensemble d'issues qui ont une propriété commune. C'est une partie A de E. Lors de la réalisation de l'expérience, on s'intéresse à la réalisation ou non d'un événement.

Exemples

• Lors du lancer d'un dé à six faces, truqué ou non, E = {1, 2, 3, 4, 5, 6}. A = « Obtenir un résultat pair » est un événement qui peut, ou non, se réaliser lors de l'expérience. On écrit A = {2, 4, 6}.

• Lors du lancer d'une pièce, équilibrée ou non, E = {pile, face}. Il n'y a que quatre événements possibles pour cette expérience : E, {pile}, {face}, Ø.

• L'univers E est appelé « **événement certain** ».

• L'ensemble vide Ø est appelé « **événement impossible** ».

• Un **événement élémentaire** n'est réalisé que par une seule issue. On le note {x} où x est l'issue unique appartenant à l'événement.

• Si deux événements A et B n'ont aucune issue en commun, on dit qu'ils sont **incompatibles**. Si l'un est réalisé lors de l'expérience, alors l'autre ne l'est pas.

Exemple : lors du lancer d'un dé à six faces, truqué ou non, si A = « Obtenir un résultat pair » = {2, 4, 6}, B = « Obtenir un résultat multiple de 3 » = {3, 6} et C = « obtenir un 3 » = {3}, alors A et C sont incompatibles et C est élémentaire. En revanche, B et C ne sont pas incompatibles car l'issue 3 les réalise tous deux.

II Opérations sur les événements

Soit E l'univers d'une expérience aléatoire, avec A et B deux événements.

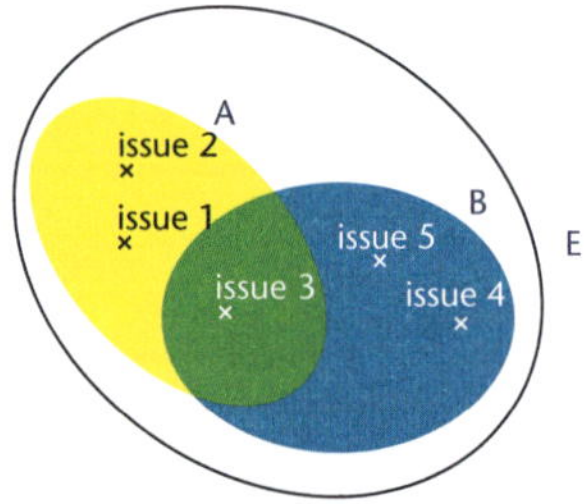

- La **réunion** (ou union) de A avec B s'écrit $A \cup B$. C'est l'ensemble des issues de l'expérience qui réalisent l'un ou l'autre au moins des deux événements. Il s'agit des **issues qui sont dans A ou dans B** (ou les deux). C'est toute la partie colorée (en jaune, bleu, vert) ci-dessus.

- L'**intersection** de A avec B s'écrit $A \cap B$. C'est l'ensemble des issues de l'expérience qui réalisent à la fois A et B. Il s'agit des **issues qui sont dans A et dans B**. C'est la partie en vert ci-dessus.

- Deux événements A et B sont incompatibles si, et seulement si : $A \cap B = \emptyset$.

- Le **contraire** d'un événement A est noté $\overline{A}$. C'est l'ensemble des issues de l'expérience qui ne réalisent pas A. Il s'agit des **issues qui ne sont pas dans A**. Sur le dessin ci-dessus, c'est tout ce qui n'est ni en jaune ni en vert. Ainsi, $\overline{E} = \emptyset$ et $\overline{\emptyset} = E$.

Exemple : A = {2, 4, 6}, B = {3, 6}, C = {3}, E = {1, 2, 3, 4, 5, 6}.

Alors A, B, C, E, Ø sont des parties de E. Ce sont des événements, avec E pour univers. On écrit $A \subset E$, $B \subset E$,… Le symbole $\subset$ se lit « est inclus dans ».

$A \cup B = A \cup C = \{2, 4, 6, 3\}$,
$A \cap B = \{6\}$, $B \cap C = \{3\}$,
$A \cap C = \emptyset$.
$\overline{A} = \{1, 3, 5\}$ est l'événement réalisé par toute issue impaire dans cette expérience.

Remarque : les propriétés $A \cup \overline{A} = E$ et $A \cap \overline{A} = \emptyset$ sont toujours vraies, quels que soient l'univers et l'événement considérés.

Calculs de probabilités

FICHE 34

I Loi de probabilité sur un univers fini

- Définir une **loi de probabilité** sur l'ensemble E des issues, c'est associer à chaque issue x_i un nombre p_i positif ou nul, de telle façon que $p_1 + p_2 + \dots + p_n = 1$. Ce nombre p_i est appelé **probabilité** de l'issue x_i ou encore de l'événement élémentaire $\{x_i\}$.

Issue	x_i	x_2	…	x_n
Probabilité	p_1	p_2	…	p_n

Exemples

1. On considère qu'un dé est équilibré.
Les issues sont {1, 2, 3, 4, 5, 6}.

$$p_1 = p_2 = \dots = p_6 = \frac{1}{6}.$$

2. On considère qu'une pièce est équilibrée.
On note {1, 2} l'univers (1 désignant *Face*, par exemple).

$$p_1 = p_2 = \frac{1}{2}.$$

3. On considère un dé truqué à 4 faces de telle sorte que $p_1 = 0{,}1$, $p_2 = 0{,}3$, $p_4 = 0{,}5$. Que vaut p_3 ?
Comme $p_1 + p_2 + p_3 + p_4 = 1$, on a $p_3 = 1 - (p_1 + p_2 + p_4) = 0{,}1$.

- Dans le cas où l'on associe à chacune des n issues x_i d'une expérience aléatoire la même probabilité p, on dit que la loi de probabilité est **équirépartie** ou **uniforme** sur E. Dans ce cas, on a $p_i = p = \frac{1}{n}$; on est en situation d'**équiprobabilité**.

II Probabilité d'un événement

- Soit une loi de probabilité définie sur un univers E. La probabilité d'un événement A est la somme de toutes les probabilités des issues qui le réalisent. On la note $p(A)$.
- Aucun événement ne réalise l'événement impossible donc $p(\varnothing) = 0$.
- L'événement E est réalisé par chaque issue, donc $p(E) = 1$.
- Pour tout événement A, $0 \leqslant p(A) \leqslant 1$.

Exemple : on lance un dé à six faces. On s'intéresse à l'événement A « obtenir un nombre pair » = {2 ; 4 ; 6}. Ainsi :
$p(A) = p(\{2\}) + p(\{4\}) + p(\{6\})$.

• Cas 1 : on considère un dé équilibré. Il y a équiprobabilité donc $p(A) = \frac{1}{6} + \frac{1}{6} + \frac{1}{6} = \frac{3}{6} = 0{,}5$. La probabilité de A est 0,5.

• Cas 2 : on considère un dé truqué de la façon suivante :

Issue : face	1	2	3	4	5	6
Probabilité	$\frac{1}{10}$	$\frac{1}{8}$	$\frac{1}{4}$	$\frac{1}{8}$	$\frac{3}{10}$	$\frac{1}{10}$

$p(A) = \frac{1}{8} + \frac{1}{8} + \frac{1}{10} = \frac{7}{20}$

• Dans le cas d'une loi équirépartie sur E, la probabilité d'un événement A est donnée par $p(A) = \frac{\text{Nombre d'issues dans A}}{\text{Nombre d'issues dans E}}$.

III Propriétés des probabilités

• Soient A et B deux événements de E :

$$p(A \cup B) = p(A) + p(B) - p(A \cap B).$$

Cette formule est le **crible de Poincaré**.

• Si A et B sont incompatibles, alors $p(A \cup B) = p(A) + p(B)$.

• $p(A) + p(\bar{A}) = 1$, ce qu'on écrit aussi $p(\bar{A}) = 1 - p(A)$.

Exemple : un lycée compte 456 élèves dont 205 externes. 124 filles sont externes et il y a 258 garçons. On rencontre un élève de ce lycée. On note G l'événement « l'élève est un garçon » et D « l'élève est demi-pensionnaire ». À l'aide d'un tableau à double entrée, calculer la probabilité des événements G, $\bar{G}$, $G \cap D$, $G \cup D$.

	Externes	Demi-pensionnaires	Total
Filles	**124**	74	198
Garçons	81	177	**258**
Total	**205**	251	**456**

On est en situation d'équiprobabilité. Ainsi, $p(G) = \frac{258}{456} = \frac{43}{76}$.

$p(\bar{G}) = 1 - p(G) = 1 - \frac{43}{76} = \frac{33}{76}$; $p(G \cap D) = \frac{177}{456} = \frac{59}{152}$.

$p(G \cup D) = p(G) + p(D) - p(G \cap D) = \frac{258 + 251 - 177}{456} = \frac{83}{114}$.

BILAN

Probabilités sur un ensemble fini

FICHE 35

TEST-BILAN

→ *Réponses au verso.*

Vrai ou faux ? Cochez les affirmations qui sont vraies.

On lance deux fois un dé équilibré à 6 faces.
A_i = « on obtient 3 au *i*ème lancer. »

1 Langage des événements

a. ○ L'événement A_2 signifie qu'on a obtenu 3 au 2e lancer.

b. ○ L'événement A_2 signifie qu'on a obtenu 3 au 2e lancer mais pas au premier.

c. ○ L'événement $A_1 \cap \overline{A_2}$ signifie qu'on a obtenu 3 au 1er lancer mais pas au deuxième.

d. ○ L'événement A_3 est certain.

2 Calcul de probabilités

À l'aide d'un tableau à double entrée pour décrire l'expérience, on a :

a. ○ $p(A_1) = \frac{6}{36} = \frac{1}{6}$

b. ○ $p(\overline{A_2}) = \frac{30}{36} = \frac{5}{6}$

c. ○ $p(A_1 \cup \overline{A_2}) = \frac{6+5}{36} = \frac{11}{36}$

d. ○ $p(A_1 \cap \overline{A_2}) = \frac{5}{36}$

3 Loi de probabilité

Le dé lancé n'est pas équilibré et la probabilité d'obtention de la face *i* est $\frac{i}{21}$.

a. ○ La somme des probabilités élémentaires vaut bien 1.

b. ○ La probabilité d'obtenir 3 est $\frac{1}{7}$.

c. ○ La probabilité d'obtenir un nombre pair est $\frac{1}{2}$.

d. ○ La probabilité d'obtenir un nombre impair est $\frac{3}{7}$.

❹ Utilisation des formules de probabilités

$p(\mathrm{A}) = \frac{1}{3}$; $p(\mathrm{B}) = 0{,}25$.

a. ○ $p(\bar{\mathrm{A}}) = \frac{2}{3}$.

b. ○ $p(\mathrm{A} \cup \mathrm{B}) = \frac{7}{12}$.

c. ○ Si A et B sont incompatibles, alors $\mathrm{P}(\mathrm{A} \cap \mathrm{B}) = 0$.

d. ○ Dans ce cas, $p(\mathrm{A} \cup \mathrm{B}) = \frac{7}{12}$.

SCHÉMA-BILAN

Calculer la probabilité d'un événement

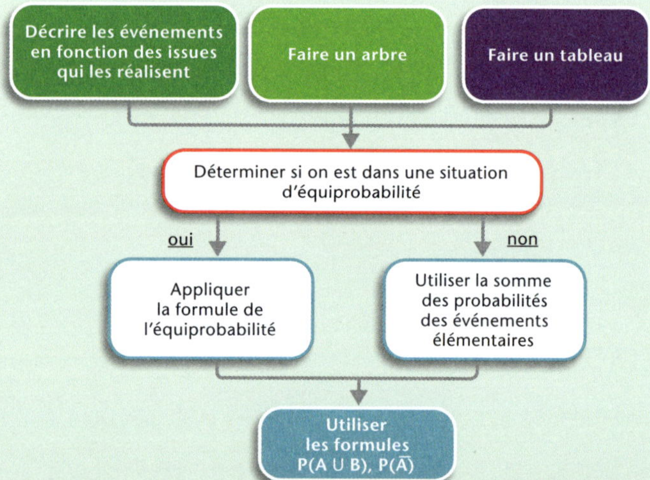

Réponses :

❶ **a.** Vrai. **b.** Faux. On ne sait rien du 1er lancer. **c.** Vrai. **d.** Faux. Quand on lance seulement deux fois le dé, l'événement A_3 est impossible. ❷ **a.** Vrai. **b.** Vrai, car il y a 30 cases sur 36 qui réalisent $\overline{\mathrm{A}_2}$. **c.** Faux, car il y a 6 cases qui réalisent l'obtention d'un 3 au 1er lancer et 30 qui réalisent la non-obtention au 2e, dont des cases communes ; au total, $\mathrm{A}_1 \cup \overline{\mathrm{A}_2}$ est réalisé sur 31 cases sur 36. **d.** Vrai. Les résultats (3, 1), (3, 2), (3, 4), (3, 5), (3, 6) réalisent $\mathrm{A}_1 \cap \overline{\mathrm{A}_2}$ et donc $p(\mathrm{A}_1 \cap \overline{\mathrm{A}_2}) = \frac{5}{36}$. ❸ **a.** Vrai. **b.** Vrai. C'est $\frac{3}{21} = \frac{1}{7}$. **c.** Faux. C'est $\frac{2}{21} + \frac{4}{21} + \frac{6}{21} = \frac{12}{21} = \frac{4}{7}$. **d.** Vrai. ❹ **a.** Vrai, car $p(\bar{\mathrm{A}}) = 1 - p(\mathrm{A})$. **b.** Faux. $p(\mathrm{A} \cup \mathrm{B}) = p(\mathrm{A}) + p(\mathrm{B}) + p(\mathrm{A} \cap \mathrm{B})$ et $p(\mathrm{A} \cap \mathrm{B})$ n'est pas connue. **c.** Vrai. **d.** Vrai. Il suffit d'additionner $p(\mathrm{A})$ et $p(\mathrm{B})$.

Interprétation de paramètres statistiques et prévision

Sujet

On étudie le temps d'attente aux caisses d'un magasin. Une étude statistique indique, en minutes :

- moyenne : $m = 4{,}25$
- médiane : Me = 3,35
- $Q_1 = 1{,}5$
- $Q_3 = 7$.

1. Les clients jugent « acceptable » un temps d'attente inférieur ou égal à 4 minutes. Peut-on dire qu'au moins la moitié des clients sont satisfaits ?

2. On souhaite ouvrir une caisse supplémentaire si plus de 20 % des clients attendent 6 minutes ou plus en caisse. Quelle réponse proposez-vous ?

3. Produisez avec Python un échantillon de 100 temps d'attente entiers compris entre 0 et 10 minutes.

4. Peut-on dire que la proportion de temps d'attente inférieure à 7 minutes est 70 % ?

Avant de commencer

- Se remémorer la définition des paramètres m, Me, Q_1, Q_3.
- Faire le lien entre échantillon et intervalle de fluctuation.

→ Reliez l'expression « au moins la moitié » à la médiane et écrivez une phrase qui explique la valeur de la médiane.

1. Au moins la moitié de l'effectif total est inférieur à la médiane.

→ Concluez.

1. Comme Me = 3,35, au moins 50 % des clients sont satisfaits car $3{,}35 < 4$.

→ Reliez la question 2 à Q_3.

2. $Q_3 = 5$ donc au moins 75 % des clients attendent moins de 7 minutes. Donc au plus 25 % des clients attendent 7 minutes. Il peut paraître judicieux d'ouvrir une autre caisse.

→ Il faut connaître la syntaxe de production d'un échantillon. On peut aussi produire un tel échantillon avec la calculatrice.

3. temps = [random.randint(1,10) for i in range(100)]

→ Calculez la proportion de valeurs inférieures à 7 dans l'échantillon.

4.

```
S = 0
for attente in temps :
        if valeur<= 7 :
            S+= 1
```

→ Calculez les bornes de l'intervalle de fluctuation et la fréquence S/100 des temps d'attente inférieurs à 7.

$$\left[p - \frac{1}{\sqrt{n}} ; p + \frac{1}{\sqrt{n}}\right] = [0{,}7 - 0{,}1 ; 0{,}7 + 0{,}1] = [0{,}6 ; 0{,}8]$$

→ Concluez selon que la fréquence S/100 appartient à l'intervalle ou non. Cela dépend des résultats de la simulation.

Repérage dans le plan

FICHE 37

I Repères du plan

- Un **repère** du plan est la donnée de trois points (O, I, J) non alignés.
- Le point O est l'**origine** du repère.
- La droite (OI) est l'axe des **abscisses**.
- La droite (OJ) est l'axe des **ordonnées**.
- Soit M un point du plan. La parallèle à (OJ) passant par M coupe l'axe des abscisses en un point A. La parallèle à (OI) passant par M coupe l'axe des ordonnées en un point D. Ces points définissent l'abscisse de M notée x_M et l'ordonnée de M notée y_M.

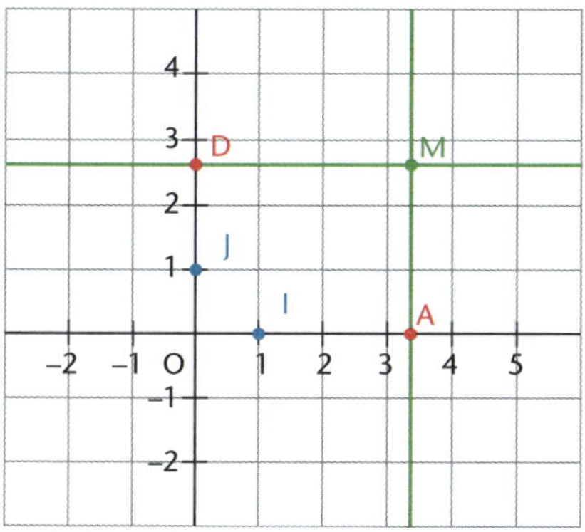

- Tout point du plan possède un unique couple de coordonnées $(x\,;\,y)$.
- L'origine du repère a pour coordonnées (0 ; 0).
- Le point I a pour coordonnées (1 ; 0).
- Le point J a pour coordonnées (0 ; 1).
- Si le triangle OIJ est rectangle en O, alors on dit que le repère est **orthogonal**.
- De plus, si OI = OJ, alors on dit que le repère est **orthonormé** ou **orthonormal**.

Exemple

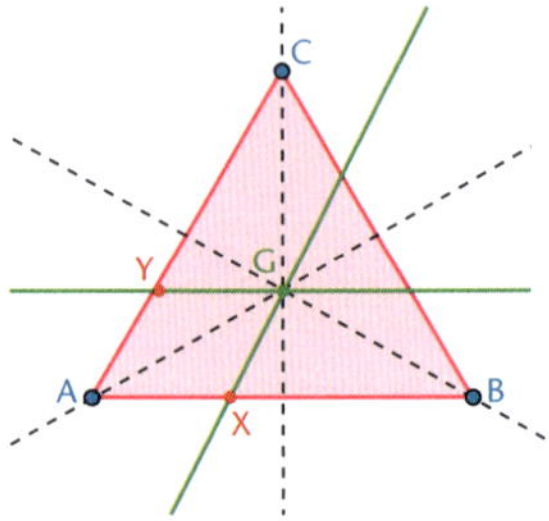

• On considère un triangle équilatéral ABC. Comme les points A, B, C ne sont pas alignés, on peut rapporter le plan au repère (A, B, C), ce qui permet de déterminer les coordonnées de tout point du plan par rapport à ces points.

• Ainsi, le point G, intersection des médiatrices du triangle, nommé « centre de gravité du triangle », a pour coordonnées dans ce repère $\left(\frac{1}{3} ; \frac{1}{3}\right)$. A a pour coordonnées (0 ; 0), B(1 ; 0) et C(0 ; 1).

II Milieu d'un segment

On se place dans un repère quelconque du plan. A et B sont deux points et I est le milieu du segment [AB]. Les coordonnées x_I et y_I de I sont obtenus ainsi :

$$x_I = \frac{x_A + x_B}{2} \quad \text{et} \quad y_I = \frac{y_A + y_B}{2}.$$

Exemples

• Dans l'exemple précédent du triangle ABC équilatéral, nommons K le milieu du segment [BC]. On a donc :

$$x_K = \frac{x_B + x_C}{2} = \frac{1+0}{2} = \frac{1}{2} \quad \text{et} \quad y_K = \frac{y_B + y_C}{2} = \frac{0+1}{2} = \frac{1}{2}.$$

• Si on considère la même configuration, mais dans un plan rapporté cette fois-ci à un repère orthonormé d'origine A, tel que B ait pour coordonnées (1 ; 0) et C$\left(\frac{1}{2} ; \frac{\sqrt{3}}{2}\right)$, on peut montrer que le point K a pour coordonnées $\left(\frac{3}{4} ; \frac{\sqrt{3}}{4}\right)$.

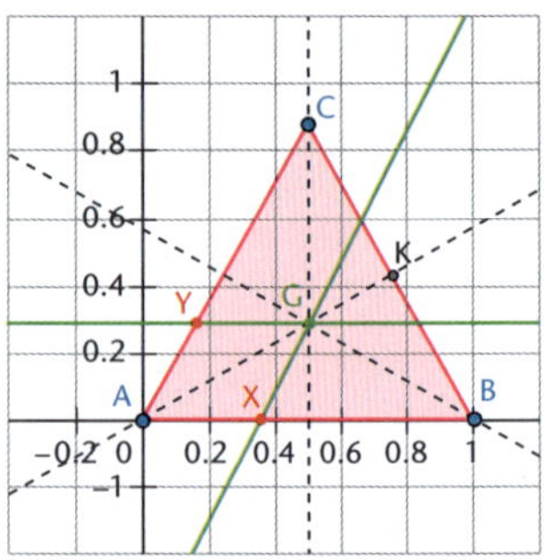

Ces résultats peuvent s'obtenir par des calculs trigonométriques.

Distances dans un repère orthonormal

FICHE 38

I Longueur

Le plan est muni d'une unité de longueur. On se place **dans un repère orthonormé** du plan. Cette hypothèse est essentielle.

A et B sont deux points. On cherche la longueur du segment [AB].

En pratique, dans les calculs, on peut calculer $AB^2 = (x_B - x_A)^2 + (y_B - y_A)^2$ puis prendre la racine carrée du résultat.

$$AB = \sqrt{(x_B - x_A)^2 + (y_B - y_A)^2}$$

Exemple

On se place dans le repère orthonormé pour le triangle ABC précédent. Il est évident qu'on a AB = 1. On vérifie :

$$AB = \sqrt{(x_B - x_A)^2 + (y_B - y_A)^2} = \sqrt{(1-0)^2 + (0-0)^2} = \sqrt{1} = 1.$$

Par ailleurs, comme le triangle ABC est équilatéral, il est évident qu'on a BC = 1. On vérifie cela :

$$AC = \sqrt{(x_C - x_A)^2 + (y_C - y_A)^2} = \sqrt{\left(\frac{1}{2} - 0\right)^2 + \left(\frac{\sqrt{3}}{2} - 0\right)^2}$$

$$= \sqrt{\frac{1}{4} + \frac{3}{4}} = \sqrt{1} = 1.$$

II En Python

- Pour noter les coordonnées d'un point, on peut utiliser une liste à deux valeurs.
- La syntaxe sera « nomdupoint = [son abscisse, son ordonnée] ».

```
def longueur(A,B) # A et B sont des listes dont les éléments sont les coordon-
nées des points
    return sqrt((B[1]-A[1])^2+(B[2]-A[2])^2)
```

Exemple

On se donne un triangle ABC dont les coordonnées des sommets en repère orthonormé sont A(1 ; 4), B(7 ; 1), C(2 ; –2).

En utilisant la fonction précédemment créée :

```
A=[1,4]
B=[7,1]
C=[2,-2]
print(longueur(A,B))
print(longueur(A,C))
print(longueur(B,C))
```

- On pourrait améliorer le programme en faisant un test afin de déterminer si le triangle est isocèle, équilatéral, rectangle.

III Longueurs et cercle

- Un point M appartient à un cercle de **centre** Ω et de **rayon** $r > 0$ si, et seulement si, $\Omega M = r$.
- Étant donnés deux points A et B d'un cercle de rayon $r > 0$, le segment [AB] est un **diamètre** du cercle si, et seulement si, $AB = 2r$.
- Étant donnés deux points A et B d'un cercle de centre Ω, la médiatrice du segment [AB] passe par le point Ω.

Exemple

On considère un repère (O, I, J) orthonormé du plan.
Soit le cercle $\mathscr{C}$ de centre $\Omega(-2\,;\,1)$ et passant par le point $A(3\,;\,0)$.
Montrons que le point $B(-3\,;\,6)$ appartient à $\mathscr{C}$.

Notons r le rayon du cercle. Alors $r = \Omega A$.

On a donc $r^2 = (x_A - x_\Omega)^2 + (y_A - y_\Omega)^2 = (3-(-2))^2 + (0-1)^2 = 26$.
Ainsi, $r = \sqrt{26}$.
En outre, $\Omega B = (x_B - x_\Omega)^2 + (y_B - y_\Omega)^2 = (-3-(-2))^2 + (6-1)^2 = 26$.
Ainsi $\Omega B = r$ et donc $B \in \mathscr{C}$.

Équations de droites

FICHE 39

I Équations de droite

• Le plan est muni d'un repère (O, I, J). Toute droite du plan possède des **équations cartésiennes**. C'est une égalité faisant apparaître l'abscisse x d'un point et/ou son ordonnée y. Elle est de la forme $ax + by + c = 0$. Une telle équation peut être déterminée par des vecteurs.

• Un point M du plan de coordonnées $(x ; y)$ appartient donc à la droite si, et seulement si, l'égalité $ax + by + c = 0$ est vérifiée.

• Par conséquent, si $ax + by + c \neq 0$, alors le point n'appartient pas à cette droite.

• Une droite du plan **parallèle à l'axe des ordonnées** possède une équation de la forme $x = c$ où c est une constante réelle. Il s'agit de la valeur commune des abscisses de tous les points de la droite.

• Une droite du plan NON parallèle à l'axe des ordonnées possède une équation, dite **réduite**, de la forme $y = mx + p$. p est un réel appelé **ordonnée à l'origine** de la droite, et m est un réel appelé **coefficient directeur** de la droite.

Exemple

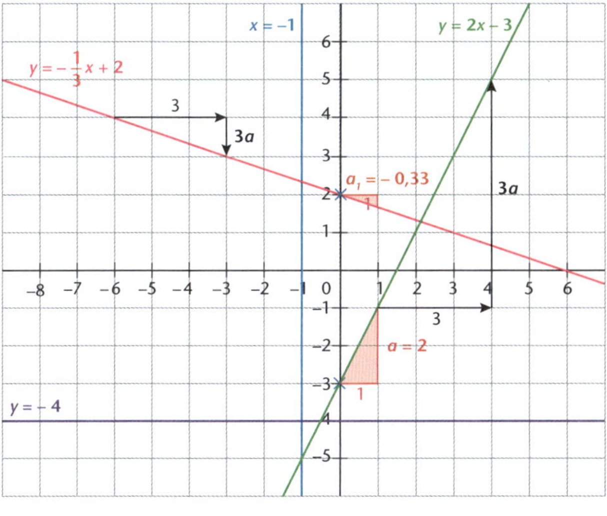

- Si une droite est parallèle à l'axe des ordonnées, elle ne possède ni de coefficient directeur ni d'ordonnée à l'origine.
- Si $A(x_A\,;\,y_A)$ et $B(x_B\,;\,y_B)$ sont deux points tels que $x_A \neq x_B$ alors la droite (AB) n'est pas parallèle à l'axe (OJ).
- Alors la droite a une équation de la forme $y = mx + p$ et on a :

$$m = \frac{y_B - y_A}{x_B - x_A} \text{ et } p = y_A - mx_A = y_B - mx_B.$$

II Droites parallèles

Deux droites du plan, muni d'un repère, sont parallèles si : elles sont toutes deux parallèles à l'axe des ordonnées ; ou si elles ont le même coefficient directeur.

III Point d'intersection de deux droites

Deux droites D_1 et D_2 du plan sont sécantes si elles ne sont pas parallèles. Elles possèdent alors un unique point d'intersection dont les coordonnées vérifient les deux équations.

Exemples

- Cas 1 : $D_1 : x = -2$, $D_2 : y = \frac{1}{5}x - 4$.

Le couple des coordonnées du point d'intersection A est solution du système $\begin{cases} x = -2 \\ y = \frac{1}{5}x - 4 \end{cases}$.

Si $x = -2$, alors $y = \frac{1}{5}(-2) - 4 = -\frac{22}{5}$.

Les coordonnées de A sont $\left(-2\,;\,-\frac{22}{5}\right)$.

- Cas 2 : $D_1 : y = -2x + 3$ $\quad D_2 : y = \frac{1}{5}x - 4$.

Les coordonnées $(x\,;\,y)$ du point d'intersection B sont solutions de $\begin{cases} y = -2x + 3 \\ y = \frac{1}{5}x - 4 \end{cases}$. On résout $-2x + 3 = \frac{1}{5}x - 4$ et on trouve $x = \frac{35}{11}$, d'où $y = \frac{37}{11}$.

Géométrie repérée

TEST-BILAN

→ *Réponses au verso.*

Vrai ou faux ? Cochez les affirmations qui sont vraies.

Le plan est muni d'un repère orthonormé. On considère le triangle ABC tel que A(0 ; 0), B(1 ; 0), C$\left(\frac{1}{2} ; 1\right)$.

1 Longueur

a. ○ La longueur AC vaut $\frac{\sqrt{5}}{2}$.

b. ○ Le triangle ABC est isocèle en C.

c. ○ Le triangle ABC est équilatéral.

d. ○ Le triangle ABC est rectangle.

2 Milieu

a. ○ Le milieu du segment [AB] a pour coordonnées $\left(\frac{1}{2} ; 0\right)$.

b. ○ Le milieu du segment [AC] a pour coordonnées $\left(\frac{1}{4} ; \frac{1}{2}\right)$.

c. ○ Le symétrique A′ de A par rapport à C a pour coordonnées (1 ; 2).

d. ○ Si B′ est le symétrique de B par rapport à C, alors le quadrilatère ABA′B′ est un rectangle.

Le plan est muni d'un repère quelconque.

3 Équation de droites – Le point de coordonnées (1 ; 3) appartient à la droite d'équation :

a. ○ $y = 3x - 3$ b. ○ $y = 5x - 2$

c. ○ $y = 1$ d. ○ $x = 1$

4 Intersection de droites

a. ◯ Les droites d'équation $y = 2x - 3$ et $y = 2x + 1$ sont sécantes.

b. ◯ La droite (AB) avec A(1 ; 2) et B(4 ; –1) et la droite d'équation $y = 2x - 1$ sont sécantes.

c. ◯ Leur point d'intersection a pour coordonnées $\left(\frac{4}{3} ; \frac{5}{3}\right)$.

d. ◯ La droite d'équation $x = -1$ est perpendiculaire à la droite d'équation $y = 2$.

SCHÉMA-BILAN

Détermination d'une équation de droite

On connaît deux points A et B et leurs coordonnées.

Si $x_B = x_A$ → $x = x_A$

Si $x_B \neq x_A$ → On calcule le coefficient directeur $m = \frac{y_B - y_A}{x_B - x_A}$ → On calcule l'ordonnée à l'origine $p = y_A - ax_A$ → On résout $mx + p = m'x + p'$ pour déterminer l'abscisse du point d'intersection des droites d'équation $y = mx + p$ et $y = m'x + p'$ si $m \neq m'$

Réponses :

1 a. Vrai. $AC = \sqrt{(x_C - x_A)^2 + (y_C - y_A)^2} = \sqrt{\left(\frac{1}{2} - 0\right)^2 + (1-0)^2} = \sqrt{\frac{5}{4}} = \frac{\sqrt{5}}{2}$.

b. Vrai. On calcule BC et BC = AC. **c.** Faux AB ≠ BC. **d.** Faux. Le plus grand côté est BC et on ne peut avoir un triangle isocèle avec ce côté. **2 a.** Vrai. **b.** Vrai. **c.** Vrai, car C est le milieu de [AA']. **c.** Vrai, car C est le milieu des diagonales et on peut prouver par la réciproque du théorème de Pythagore que (AB) ⊥ (AB'). **3 a.** Vrai, car $3 \neq 3 \times 1 - 3$. **b.** Vrai, car $3 = 5 \times 1 - 2$. **c.** Faux. $y \neq 1$.

d. Vrai. **4 a.** Faux. Elles ont même coefficient directeur donc elles sont parallèles. Comme l'ordonnée à l'origine est différente, les droites ne sont pas confondues. **b.** Vrai. La droite (AB) a pour coefficient directeur $m = \frac{y_B - y_A}{x_B - x_A} = \frac{-1-2}{4-1} = -\frac{3}{3} = -1 \neq 2$. **c.** Vrai. On résout l'équation de (AB) : $2x - 1 = 3 - x$. **d.** Faux, sauf si le repère est orthogonal.

Triangles

FICHE 41

I Les différents triangles

La **somme** des angles d'un triangle est égale à **180°**.

1. Triangle isocèle

Un triangle est isocèle si, et seulement si :

- il possède deux côtés de même longueur

ou

- il possède deux angles de même mesure

ou

- l'une de ses médiatrices est également médiane, hauteur, bissectrice

ou

- il est symétrique par rapport à l'une de ses hauteurs

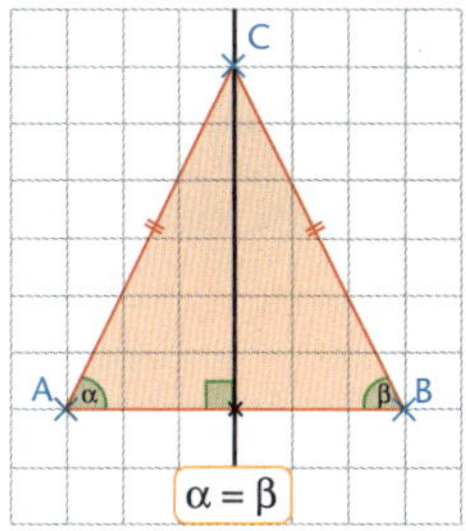

2. Symétrie axiale

On se donne une droite $\mathscr{D}$. Le **symétrique** d'un point quelconque M du plan par rapport à $\mathscr{D}$ est le point M′ tel que :

- si $M \in \mathscr{D}$, alors $M' = M$: l'axe est invariant par la symétrie axiale ;
- si $M \notin \mathscr{D}$, alors $[MM'] \perp \mathscr{D}$, et le milieu de [MM′] appartient à $\mathscr{D}$.

Autrement dit, $\mathscr{D}$ est la **médiatrice** de [MM′].

3. Triangle équilatéral

Un triangle est équilatéral si, et seulement si :

- il possède trois côtés de même longueur

ou

- il possède trois angles de même mesure : 60°

ou

- chacune de ses médiatrices est également médiane, hauteur, bissectrice

ou

- il est symétrique par rapport à chacune de ses hauteurs

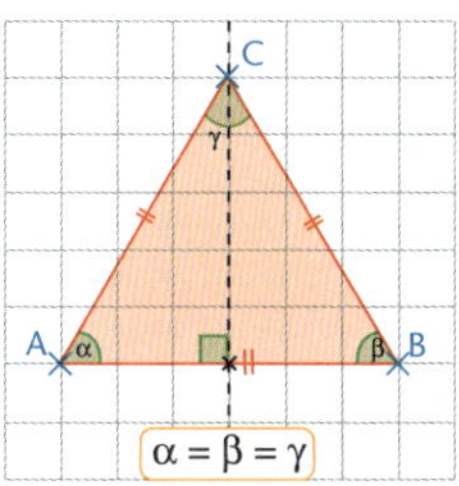

4. Triangle rectangle

Un triangle est rectangle si l'un de ses angles est droit. Ses autres angles sont aigus.

II Points et droites remarquables du triangle

Une **hauteur** est issue d'un sommet et est perpendiculaire au côté opposé.

Une **médiane** est issue d'un sommet et passe par le milieu du côté opposé.

Une **médiatrice** est une droite qui coupe un côté perpendiculairement en son milieu.

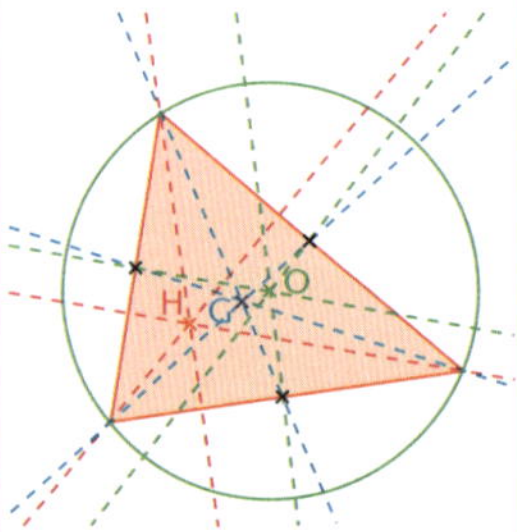

Les **hauteurs** du triangle sont concourantes en un point H nommé l'**orthocentre** du triangle.

Les **médianes** du triangle sont concourantes en un point G nommé le **centre de gravité** du triangle.

Les **médiatrices** du triangle sont concourantes en un point O nommé le **centre du cercle circonscrit** du triangle.

Une **bissectrice** est une droite qui coupe un angle du triangle en deux angles égaux.

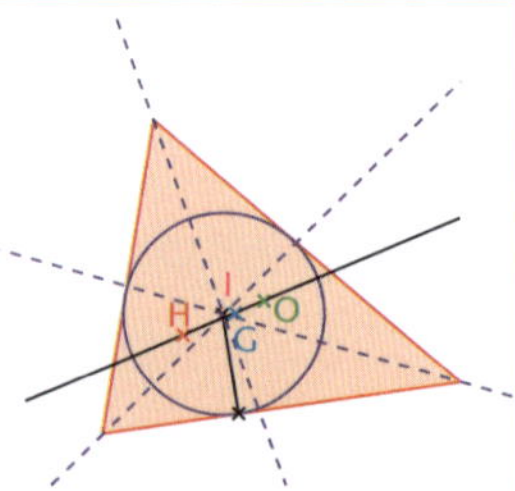

Les **bissectrices** du triangle sont concourantes en un point I nommé le **centre du cercle inscrit** du triangle.

Les points G, H, O **sont alignés** sur la droite d'Euler.

III Théorème de Pythagore et sa réciproque

- **Théorème direct**

Si ABC est un triangle rectangle en A, alors $BC^2 = AB^2 + AC^2$.

- **Théorème réciproque**

Si, dans un triangle ABC, on a $BC^2 = AB^2 + AC^2$, alors le triangle ABC est rectangle en A.

Quadrilatères et cercles

I Quadrilatères

1. Symétrie centrale

On se donne un point S. Le **symétrique** d'un point quelconque M du plan par rapport à S est le point M′ tel que :
- si M = S, alors M′ = M : le point S est invariant par la symétrie centrale ; on l'appelle le **centre** ;
- si M ≠ S, alors S est le milieu du segment [MM′].

2. Parallélogramme

Un quadrilatère est un parallélogramme si, et seulement si :

ses côtés opposés sont parallèles

ou

ses diagonales se coupent en leur milieu

ou

ses côtés opposés sont de même longueur deux à deux

ou

ses angles opposés sont égaux

ou

ses angles consécutifs sont supplémentaires : de somme 180°

ou

les vecteurs des côtés opposés dans le même sens sont égaux : AB = DC ou AD = BC

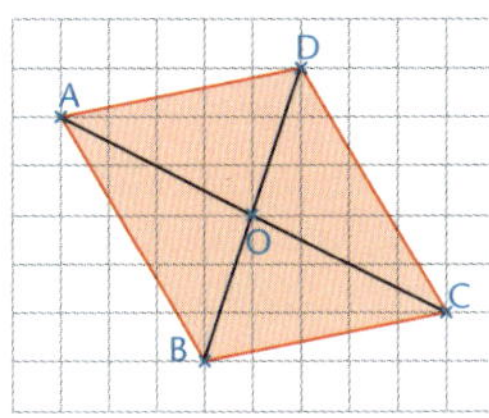

3. Parallélogramme rectangle

Un parallélogramme est un rectangle
si, et seulement si :

- il possède un angle droit

ou

- ses diagonales sont de même longueur

4. Parallélogramme losange

Un parallélogramme est un losange
si, et seulement si :

- ses côtés sont de même longueur

ou

- ses diagonales sont perpendiculaires

5. Parallélogramme carré

Un parallélogramme est un carré si, et seulement si, c'est **à la fois un rectangle et un losange**.

II Cercles

- Un **cercle** de centre Ω et de rayon *r* est l'ensemble des points du plan distants de Ω de la distance *r*.

- Un **diamètre** d'un cercle est un segment [MM′] avec M et M′ sur le cercle et Ω milieu de ce segment.

- Si un triangle est rectangle, alors son hypoténuse est un diamètre de son cercle circonscrit. Autrement dit, le milieu de l'hypoténuse est le centre du cercle circonscrit.

- **Réciproquement**, si un des côtés du triangle est un diamètre de son cercle circonscrit, alors le triangle est rectangle et le côté formant le diamètre est l'hypoténuse.

- La **tangente** à un cercle en un de ses points M est une droite passant par M et perpendiculaire au rayon [ΩM].

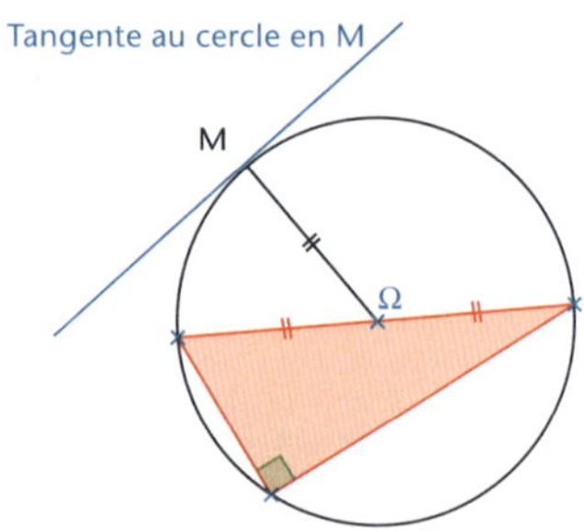

Configurations planes

TEST-BILAN

→ *Réponses au verso.*

Vrai ou faux ? Cochez les affirmations qui sont vraies.

1 Triangles

a. ○ Un triangle peut être équilatéral et rectangle.

b. ○ Un triangle peut être isocèle et rectangle.

c. ○ Si un triangle possède deux angles égaux à 45°, alors il est rectangle.

d. ○ Si un triangle est isocèle, alors un sommet, l'orthocentre et le centre du cercle circonscrit sont alignés.

2 Quadrilatères

a. ○ ABC est un triangle isocèle en A. D est le symétrique de B par rapport à A. Alors le triangle BCD est un triangle rectangle.

b. ○ ABCD est un parallélogramme de centre O. Les points E et F sont les milieux respectifs des segments [AD] et [AB]. Les droites (AC) et (BE) sont sécantes en K. Alors les points D, K, F sont alignés.

c. ○ Si l'on joint les milieux des côtés consécutifs d'un quadrilatère, on obtient un rectangle.

d. ○ On se place dans un parallélogramme. Les points I, J, K et L sont les points d'intersection des droites perpendiculaires aux diagonales issues des sommets. Alors IJKL est un parallélogramme.

3 Cercles

a. ○ [AB] et [CD] sont deux diamètres quelconques et distincts d'un cercle $\mathscr{C}$. Alors ABCD est un carré.

b. ○ $\mathscr{C}$ et $\mathscr{C}'$ sont deux cercles de même rayon et de centres respectifs O et O'. Ces deux cercles sont sécants en deux points distincts A et B. Alors les droites (OO') et (AB) sont perpendiculaires.

c. ○ On considère la figure ci-contre. Les droites (DE), (CE) et (DC) sont tangentes au cercle. AB = 2, AD = 1, en unités de longueur.

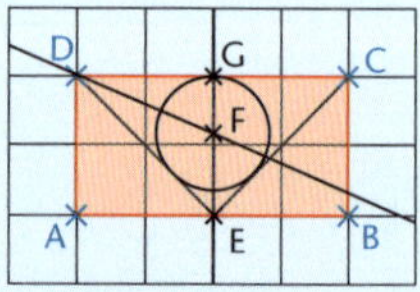

d. ○ La droite (DF) est la médiane issue de D dans DCE.

e. ○ L'aire du disque est $\pi(3 - 2\sqrt{2})$ unités d'aire.

SCHÉMA-BILAN

Reconnaître la nature d'un quadrilatère

D est le nombre d'angles droits démontrés, C est le nombre de côtés de même longueur démontrés.

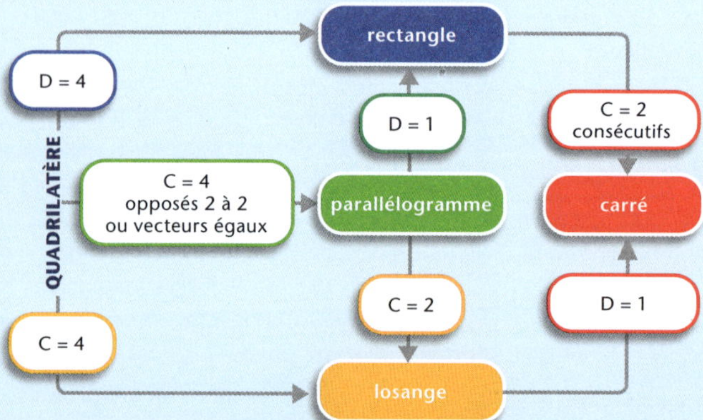

On peut aussi utiliser les propriétés des diagonales (se coupent en leur milieu, de même longueur, perpendiculaires).

Réponses :

1 a. Faux. Tous les angles d'un triangle équilatéral mesurent 60°. b. Vrai. Il suffit qu'il soit isocèle en l'angle droit ; les deux autres angles mesurent alors 45°. c. Vrai, car 180 – 45 – 45 = 90. d. Vrai. L'orthocentre et le centre du cercle circonscrit sont alignés avec le sommet en lequel le triangle est isocèle. **2** a. Vrai. Comme ABC est isocèle en A, on a AB = AC. D est le symétrique de B par rapport à A, donc AB = AD. Ainsi, les points B, C et D sont sur un même cercle de centre A et A est le milieu de [AD], qui est donc un diamètre. Alors le triangle BCD est un triangle rectangle. b. Vrai. Le point K est le centre de gravité de ABD. c. Faux. Ce n'est qu'un parallélogramme. d. Vrai, à condition de prendre les points dans le bon sens. **3** a. Faux. C'est un rectangle. b. Vrai. La droite (OO′) est la médiatrice de [AB]. c. Vrai. d. Faux. La droite (DF) est la bissectrice issue de D dans DCE car le cercle est inscrit dans ce triangle. e. Vrai. Le rayon du cercle est $\left(\sqrt{2} - 1\right)$.

Translations, vecteurs et coordonnées

FICHE 44

I Notion de vecteur

• A et B sont deux points du plan. La **translation de vecteur $\overrightarrow{AB}$** transforme tout point M en un point M′ tel que les segments [AM′] et [MB] ont le même milieu. On pourra écrire :
« Par la translation de vecteur $\overrightarrow{AB}$:

$A \mapsto B$

$M \mapsto M'$ tel que [AM′] et [MB] ont le même milieu. »

• **Méthode :** on cherche le milieu I de [BM], on place M′ sur [AI) pour que I soit le milieu de [AM′].

Si A, B et M ne sont pas **pas alignés**, alors M′ est tel que ABM′M est un **parallélogramme**.	Si A, B et M sont **alignés**, alors le quadrilatère ABM′M est un **parallélogramme aplati**.
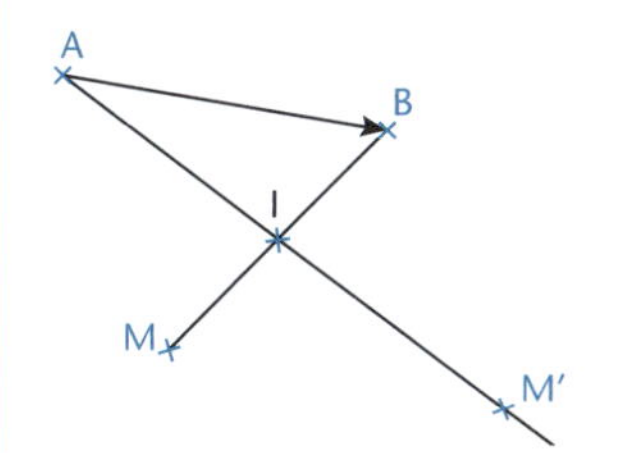	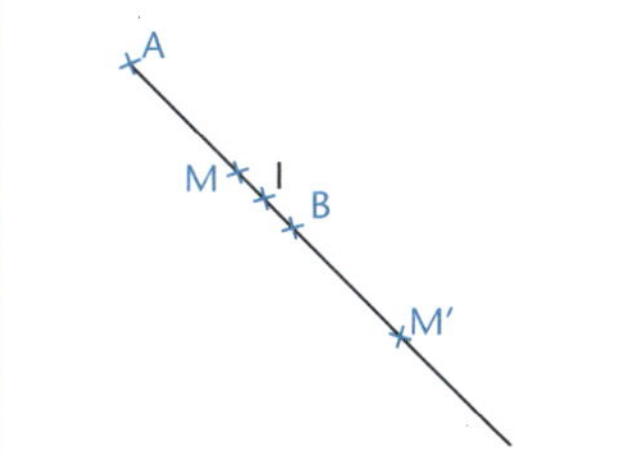

• Un vecteur $\overrightarrow{AB}$ se représente par une **flèche** d'origine le point A vers le point B.

• M′ est l'**image** de M par la translation de vecteur $\overrightarrow{AB}$.

• L'image de A par la translation de vecteur $\overrightarrow{AB}$ est le point B.

II Vecteurs égaux

• A, B, C, D sont quatre points du plan. Si l'image de C par la translation de vecteur $\overrightarrow{AB}$ est le point D, alors on dit que les vecteurs $\overrightarrow{AB}$ et $\overrightarrow{CD}$ sont égaux et on note $\overrightarrow{AB} = \overrightarrow{CD}$.

• Les vecteurs $\overrightarrow{AB}$ et $\overrightarrow{CD}$ sont appelés des **représentants** d'un même vecteur, que l'on pourra noter plus généralement $\vec{u}$ (ou $\vec{v}$ ou $\vec{w}$, etc.).

• Des vecteurs égaux sont représentés par des flèches parallèles, orientées dans le même sens et de même longueur.

Attention : il y a inversion des points C et D.

- Deux vecteurs $\overrightarrow{AB}$ et $\overrightarrow{CD}$ sont égaux si, et seulement si, le quadrilatère ABDC est un parallélogramme, éventuellement aplati.

III Vecteurs particuliers

- Le **vecteur nul $\vec{0}$** est le vecteur de la translation de vecteur $\overrightarrow{AA}$.
- Le **vecteur opposé à $\overrightarrow{AB}$** est le vecteur $\overrightarrow{BA}$.

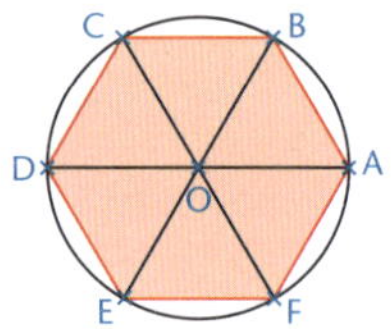

Exemple : dans l'hexagone régulier ABCDEF de centre O :
- les vecteurs $\overrightarrow{AB}$, $\overrightarrow{OC}$ et $\overrightarrow{ED}$ sont égaux ;
- les vecteurs $\overrightarrow{EO}$ et $\overrightarrow{AF}$ sont opposés ;
- les vecteurs $\overrightarrow{AA}$, $\overrightarrow{OO}$ et $\overrightarrow{EE}$ sont des représentants du vecteur nul.

IV Vecteurs et coordonnées

- Le plan est muni d'un repère (O, I, J). Par commodité, on note $\overrightarrow{OI} = \vec{i}$ et $\overrightarrow{OJ} = \vec{j}$. Ainsi, le repère (O, I, J) se note aussi $(O, \vec{i}, \vec{j})$.
- On dit que $(\vec{i}, \vec{j})$ est une **base** des vecteurs du plan. Si le triangle OIJ est rectangle isocèle en O, on parle de **base orthonormée**.
- On considère les points $A(x_A\,;\,y_A)$ et $B(x_B\,;\,y_B)$. Les coordonnées du vecteur $\overrightarrow{AB}$ sont données par $x_{\overrightarrow{AB}} = x_B - x_A$ et $y_{\overrightarrow{AB}} = y_B - y_A$.

On note :

$$\overrightarrow{AB}\begin{pmatrix} x_B - x_A \\ y_B - y_A \end{pmatrix}.$$

Exemple : dans un repère $(O, \vec{i}, \vec{j})$, on considère deux points F(2 ; –3) et T(–1 ; –1). On a les coordonnées :

$\vec{0}$ (0 ; 0) et $\overrightarrow{FT}$ (–3 ; 2).

- Deux vecteurs sont **égaux** si, et seulement si, ils ont les **mêmes coordonnées** dans un repère.
- On suppose le plan muni d'une unité de longueur. Si $\vec{u} = \overrightarrow{AB}$, on appelle **norme du vecteur $\vec{u}$** la longueur AB. Elle se note $\|\vec{u}\|$.
- Si la base $(\vec{i}, \vec{j})$ est **orthonormée**, alors le vecteur $\vec{u}$ de coordonnées (x, y) a pour norme :

$$\|\vec{u}\| = AB = \sqrt{x^2 + y^2} = \sqrt{(x_B - x_A)^2 + (y_B - y_A)^2}$$

Opérations sur les vecteurs et colinéarité

FICHE 45

1. Addition de deux vecteurs

• Si, par la translation de vecteur $\vec{u}$, M ↦ M′, puis, par la translation de vecteur $\vec{v}$, M′ ↦ M″, alors M″ est l'image de M par une nouvelle translation. Le vecteur de cette nouvelle translation est le vecteur « **somme de $\vec{u}$ et de $\vec{v}$** », noté $\vec{u} + \vec{v}$.

Exemple

On donne les points A, B, C et D.
Par la translation de vecteur $\overrightarrow{AB}$, A ↦ B,
puis, par la translation de vecteur $\overrightarrow{BC}$, B ↦ C,
donc le vecteur $\overrightarrow{AC}$ est égal au vecteur $\overrightarrow{AB} + \overrightarrow{BC}$.

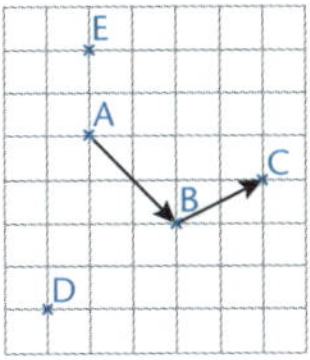

• Dans un repère $(O, \vec{i}, \vec{j})$, on considère $\vec{u}\begin{pmatrix} x \\ y \end{pmatrix}$ et $\vec{v}\begin{pmatrix} x' \\ y' \end{pmatrix}$. Le vecteur « somme de $\vec{u}$ et de $\vec{v}$ » est le vecteur noté $\vec{u} + \vec{v}$ de coordonnées $\begin{pmatrix} x + x' \\ y + y' \end{pmatrix}$. Pour tous vecteurs $\vec{u}$ et $\vec{v}$ du plan, $\vec{u} + \vec{v} = \vec{v} + \vec{u}$ et $\vec{u} + \vec{0} = \vec{u}$.

• **La relation de Chasles** : A, B et C sont trois points du plan. Alors :

$$\overrightarrow{AB} + \overrightarrow{BC} = \overrightarrow{AC}.$$

2. Produit d'un vecteur par un réel

On se donne un vecteur $\vec{u}\begin{pmatrix} x \\ y \end{pmatrix}$ dans un repère $(O, \vec{i}, \vec{j})$ et un réel k.

Le vecteur $k\vec{u}$ est le vecteur dont les coordonnées sont $\begin{pmatrix} kx \\ ky \end{pmatrix}$. Quel que soit le repère, on obtient le même vecteur. Le vecteur $(-1)\vec{u}$ est l'opposé du vecteur $\vec{u}$. Le vecteur $0\vec{u}$ est le vecteur nul $\vec{0}$.

3. Vecteurs colinéaires

• Étant donnée une base $(\vec{i}, \vec{j})$ des vecteurs du plan, on appelle **déterminant** des vecteurs $\vec{u}\begin{pmatrix} x \\ y \end{pmatrix}$ et $\vec{v}\begin{pmatrix} x' \\ y' \end{pmatrix}$, noté , le nombre réel $xy' - x'y$.

• Des vecteurs sont colinéaires si, et seulement si, ils ont la **même direction**.

• Tout vecteur non nul colinéaire à $\overrightarrow{AB}$ est un vecteur **directeur** de la droite (AB).

$\vec{u}$ et $\vec{v}$ sont colinéaires si, et seulement si, $\det(\vec{u}\,;\vec{v}) = 0$.

• $\vec{u}$ et $\vec{v}$ sont colinéaires si, et seulement si :
  - ou bien $\vec{u}$ est le vecteur nul ;
  - ou bien il existe un réel k tel que $\vec{v} = k\vec{u}$.

• Deux droites **(AB) et (CD) sont parallèles** si, et seulement si, les vecteurs $\overrightarrow{AB}$ et $\overrightarrow{CD}$ sont colinéaires.

• Des points **A, B et C sont alignés** si, et seulement si, les vecteurs $\overrightarrow{AB}$ et $\overrightarrow{AC}$ (par exemple) sont colinéaires.

Exemple

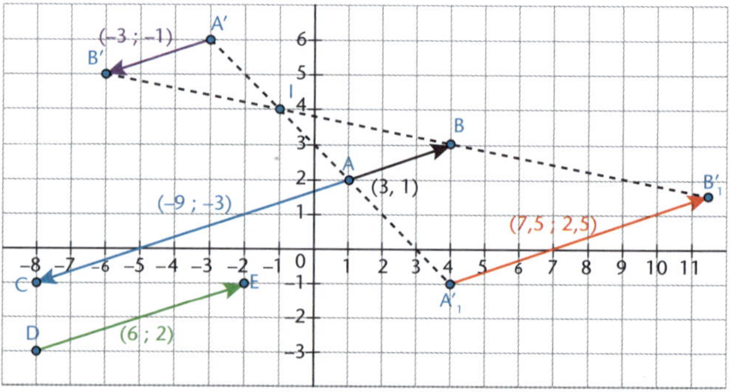

• Les vecteurs $\overrightarrow{AB}$ et $\overrightarrow{AC}$ sont colinéaires car leurs coordonnées (3 ; 1) et (–9 ; –3) sont proportionnelles.

En outre, $\det(\overrightarrow{AB}, \overrightarrow{AC}) = x_{\overrightarrow{AB}}\,y_{\overrightarrow{AC}} - y_{\overrightarrow{AB}}\,x_{\overrightarrow{AC}} = -9 - (-9) = 0$.

Donc A, B et C sont alignés.

• Les vecteurs $\overrightarrow{AB}$ et $\overrightarrow{DE}$ sont colinéaires car leurs coordonnées $\begin{pmatrix}3\\1\end{pmatrix}$ et $\begin{pmatrix}6\\2\end{pmatrix}$ sont proportionnelles.

En outre, $\det(\overrightarrow{AB}, \overrightarrow{DE}) = x_{\overrightarrow{AB}}\,y_{\overrightarrow{DE}} - y_{\overrightarrow{AB}}\,x_{\overrightarrow{DE}} = 6 - 6 = 0$. Les droites (AB) et (DE) sont parallèles.

De plus, il est évident que $\begin{pmatrix}6\\2\end{pmatrix} = 2\begin{pmatrix}3\\1\end{pmatrix}$. Donc $\overrightarrow{DE} = 2\overrightarrow{AB}$.

Vecteurs du plan

TEST-BILAN

→ *Réponses au verso.*

Vrai ou faux ? Cochez les affirmations qui sont vraies.

1 Transformations – ABCD est un parallélogramme.

a. ◯ La translation qui transforme A en B envoie C sur D.

b. ◯ $\overrightarrow{AB} = \overrightarrow{CD}$.

c. ◯ On considère un point E. Les symétriques de C et D par rapport à E sont respectivement I et J. Alors ABJI est un parallélogramme.

d. ◯ On considère un point E. Les images de C et D par l'homothétie de centre E et de rapport 2 sont respectivement K et L. Alors CDLK est un parallélogramme.

2 Coordonnées – On se place dans un repère $\left(O, \vec{i}, \vec{j}\right)$.

a. ◯ Si A(2 ; 1) et B(1 ; 4), alors $\overrightarrow{AB}\begin{pmatrix}-1\\3\end{pmatrix}$.

b. ◯ Si, de plus, C(0 ; –1), alors le point D tel que ABCD est un parallélogramme a pour coordonnées (0 ; –3).

c. ◯ On pose $\vec{u} = 2\overrightarrow{AB} - \overrightarrow{AC}$. Alors $\vec{u}$ a pour coordonnées $\begin{pmatrix}1\\7\end{pmatrix}$.

d. ◯ L'image du point A par la translation de vecteur $\vec{u}$ a donc pour coordonnées (–1 ; 6).

3 Relation de Chasles

a. ◯ $\overrightarrow{LB} + \overrightarrow{BD} = \overrightarrow{LD}$

b. ◯ $\overrightarrow{AB} + \overrightarrow{BC} = \overrightarrow{DE}$

c. ◯ $\overrightarrow{IJ} + \overrightarrow{JK} + 2\overrightarrow{KD} + \overrightarrow{DK} + \overrightarrow{DI} = \vec{0}$

d. ◯ $\overrightarrow{AB} + \overrightarrow{BC} - \overrightarrow{CA} = \vec{0}$

4 Colinéarité

a. ◯ Les vecteurs $\vec{u}(2 ; -3)$ et $\vec{v}(-1 ; 3/2)$ sont colinéaires.

b. ◯ Les points A(0 ; 1), B(–1 ; 2), C(–4 ; 5) sont alignés.

c. ○ D(4 ; 1) et E(3 ; 3) ; les droites (AB) et (DE) sont parallèles.

d. ○ La droite (DB) a pour équation cartésienne $x + 5y - 9 = 0$.

SCHÉMA-BILAN

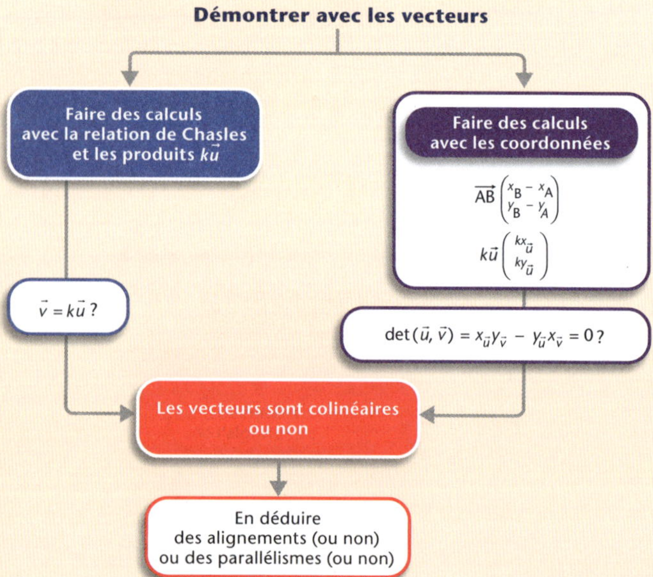

Réponses :

1 **a.** Faux. Elle envoie D sur C. **b.** Faux. $\overrightarrow{AB} = \overrightarrow{DC}$. **c.** Vrai. $\overrightarrow{AB} = \overrightarrow{DC}$, $\overrightarrow{DC} = \overrightarrow{IJ}$, donc $\overrightarrow{AB} = \overrightarrow{IJ}$. **d.** Faux. $\overrightarrow{KL} = 2\overrightarrow{CD}$. **2** **a.** Vrai. **b.** Faux. $\overrightarrow{CD}\begin{pmatrix} 0 \\ -2 \end{pmatrix} \neq \overrightarrow{BA}$. **c.** Vrai. $2\overrightarrow{AB}\begin{pmatrix} -2 \\ 6 \end{pmatrix}$; $-\overrightarrow{AC} = \overrightarrow{CA}\begin{pmatrix} 3 \\ 1 \end{pmatrix}$. **d.** Faux. $x_A + x_{\vec{u}} = 2 + 1 = 3$; $y_A + y_{\vec{u}} = 1 + 7 = 8$.

3 **a.** Vrai. **b.** Faux. On a aucune information sur les points. **c.** Vrai. $\overrightarrow{IJ} + \overrightarrow{JK} + 2\overrightarrow{KD} + \overrightarrow{DK} + \overrightarrow{DI} = \overrightarrow{IJ} + \overrightarrow{JK} + \overrightarrow{KD} + \overrightarrow{KD} + \overrightarrow{DK} + \overrightarrow{DI} = \overrightarrow{II} = \vec{0}$.
d. Faux. $\overrightarrow{AB} + \overrightarrow{BC} - \overrightarrow{CA} = \overrightarrow{AB} + \overrightarrow{BC} + \overrightarrow{AC} = \overrightarrow{AC} + \overrightarrow{AC} = 2\overrightarrow{AC}$. **4** **a.** Vrai. $x_{\vec{u}}y_{\vec{v}} = y_{\vec{u}}x_{\vec{v}} = 0$ ou $\vec{u} = -2\vec{v}$. **b.** Vrai, $\overrightarrow{AB}\begin{pmatrix} -1 \\ 1 \end{pmatrix}$, $\overrightarrow{AC}\begin{pmatrix} -4 \\ 4 \end{pmatrix}$, donc $x_{\overrightarrow{AB}}y_{\overrightarrow{AC}} = y_{\overrightarrow{AB}}x_{\overrightarrow{AC}} = 0$ ou $\overrightarrow{AC} = 4\overrightarrow{AB}$. **c.** Faux. $\overrightarrow{DE}\begin{pmatrix} -1 \\ 2 \end{pmatrix}$, $\det(\overrightarrow{AC}, \overrightarrow{DE}) \neq 0$. **d.** Vrai, Il suffit de vérifier que les coordonnées des points B et D vérifient l'équation. Sinon :
$M(x ; y) \in BD \Leftrightarrow \det(\overrightarrow{DM}, \overrightarrow{DB}) = 0 \Leftrightarrow x_{DM}y_{DB} - y_{DM}x_{DB} = 0$
$\Leftrightarrow (x - 4) \times 1 - (y - 1)(-5) = 0 \Leftrightarrow x + 5y - 9 = 0$

Sinus et cosinus d'un réel

FICHE 47

I Projeté orthogonal

Le **projeté orthogonal** d'un point M **sur** une droite (AB) est l'unique point H de (AB) tel que (MH) ⊥ (AB).

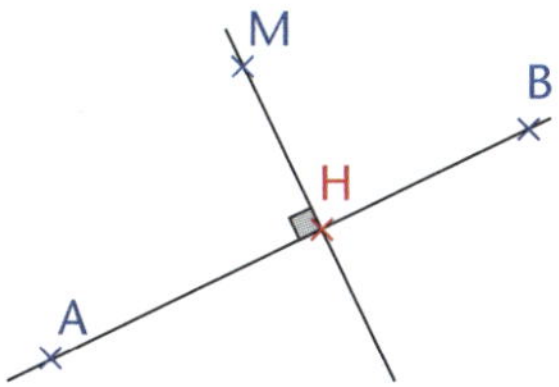

Le projeté orthogonal du point M sur la droite (AC) est le point de (AB) le plus proche de M.

II Définition

- x est un réel tel que $(\vec{i}\,;\overrightarrow{OM}) = x$ pour M sur le cercle trigonométrique dans le repère orthonormé $(O, \vec{i}, \vec{j})$.
- Le nombre **cosinus de x**, noté **$\cos(x)$**, est l'abscisse de M.
- Le nombre **sinus de x**, noté **$\sin(x)$**, est l'ordonnée de M.

III Valeurs remarquables

x	0	$\frac{\pi}{6}$	$\frac{\pi}{4}$	$\frac{\pi}{3}$	$\frac{\pi}{2}$
$\cos x$	1	$\frac{\sqrt{3}}{2}$	$\frac{\sqrt{2}}{2}$	$\frac{1}{2}$	0
$\sin x$	0	$\frac{1}{2}$	$\frac{\sqrt{2}}{2}$	$\frac{\sqrt{3}}{2}$	1
Angle $\widehat{IOM}$ correspondant	0°	30°	45°	60°	90°

IV Propriétés

Pour tout réel x et pour tout entier relatif k :

- $-1 \leqslant \cos x \leqslant 1$
- $\cos(x + 2k\pi) = \cos x$
- $\cos^2 x + \sin^2 x = 1$
- $-1 \leqslant \sin x \leqslant 1$
- $\sin(x + 2k\pi) = \sin x$

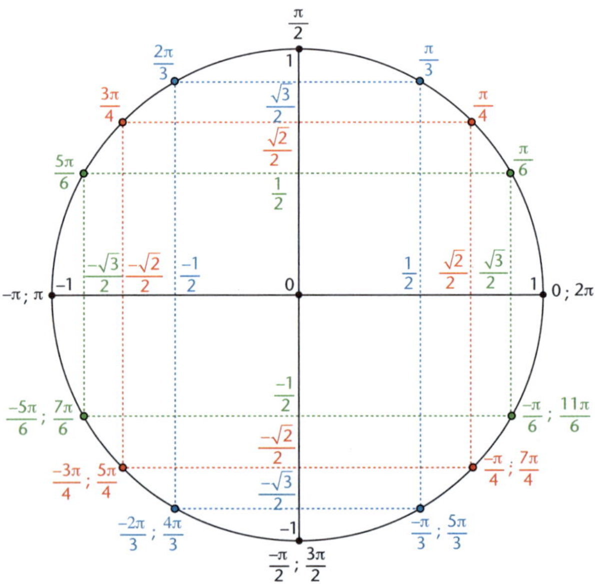

Trigonométrie

TEST-BILAN

→ *Réponses au verso.*

Vrai ou faux ? Cochez les affirmations qui sont vraies.

On considère un cercle trigonométrique dans un repère $(O, \vec{i}, \vec{j})$ orthonormé.

1 Placement de points

a. ○ Les nombres $\frac{\pi}{3}$ et $-\frac{\pi}{3}$ correspondent aux mêmes points.

b. ○ Les nombres $\frac{\pi}{3}$ et $\frac{7\pi}{3}$ correspondent aux mêmes points.

c. ○ Si M est le point correspondant au réel x et si M′ est le point correspondant au réel $\pi + x$, alors les points sont symétriques par rapport à O.

d. ○ A, B, C, D sont des points du cercle trigonométrique tels que A est le point correspondant au réel x, B correspond à $\pi - x$, ABCD est un rectangle. Alors C correspond à $\pi + x$ et D correspond à $-x$.

2 Valeur de cosinus

a. ○ $\cos\frac{\pi}{3} = \cos-\frac{\pi}{3}$

b. ○ $\cos\frac{2\pi}{3} = \frac{1}{2}$

c. ○ $\cos-\frac{\pi}{3} = -\frac{1}{2}$

d. ○ $\cos\frac{5\pi}{4} = -\frac{\sqrt{2}}{2}$

3 Valeur de sinus

a. ○ $\sin\frac{\pi}{3} = \sin-\frac{\pi}{3}$

b. ○ $\sin\frac{2\pi}{3} = \frac{\sqrt{3}}{2}$

c. ○ $\sin-\frac{\pi}{3} = -\frac{1}{2}$

d. ○ $\sin\frac{5\pi}{4} = -\frac{\sqrt{2}}{2}$

4 Programmation

a. ○ Pour définir la série précédente avec Python, on écrit : « L=[1,1,1,2,2,2,3,3,3,3,3,4] ».

b. ○ L'effectif total est obtenu par « len(L) ».

c. ○ La moyenne s'obtient par « sum(L) ».

d. ○ Le calcul de la médiane peut se faire par « statistics.median(L) ».

SCHÉMA-BILAN

Faire des calculs trigonométriques

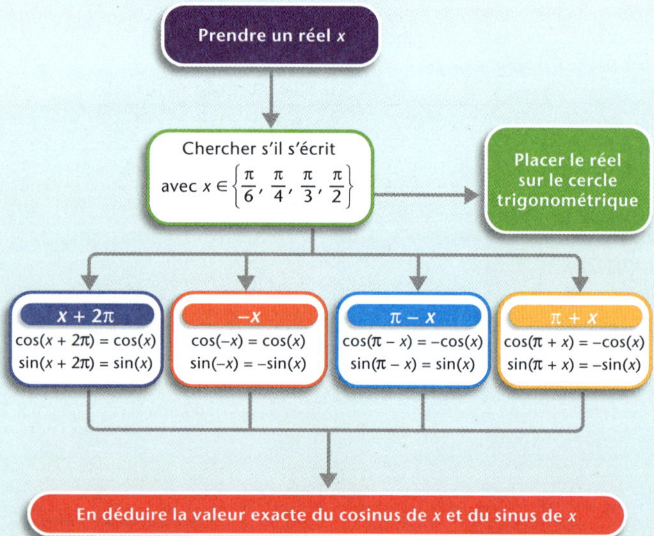

Réponses :

1 a. Faux. Ils sont symétriques par rapport à (OI). **b.** Vrai, car $\frac{7\pi}{3} = \frac{\pi}{3} + \frac{6\pi}{3} = \frac{\pi}{3} + 2\pi$. **c.** Vrai. **d.** Vrai. **2 a.** Vrai ; $\cos\frac{\pi}{3} = \frac{1}{2} = \cos -\frac{\pi}{3}$. **b.** Faux ; $\cos\frac{2\pi}{3} = -\frac{1}{2}$. **c.** Faux. **d.** Vrai. **3 a.** Faux ; $\sin\frac{\pi}{3} = \frac{\sqrt{3}}{2}$; $\sin -\frac{\pi}{3} = -\frac{\sqrt{3}}{2}$. **b.** Vrai. **c.** Faux. **d.** Vrai.

Exercice commenté pas à pas

Étudier une configuration géométrique

Sujet

ABCD est un parallélogramme de centre O. Les points E et F sont les milieux respectifs des segments [AD] et [AB]. Les droites (AC) et (BE) sont sécantes en K.
Démontrer que les points D, K et F sont alignés.

Avant de commencer

► Réaliser une figure.

► Déterminer la méthode qu'on va mettre en œuvre, en lien avec le cours :
• propriétés géométriques ;
• introduction d'un repère et calcul des coordonnées des points et de vecteurs pour obtenir une colinéarité.
Les coordonnées des points A, B, C, D seront souvent donnés dans l'énoncé. Admettons pour cette méthode que l'on ait : O(0 ; 0), A(–2 ; 3), B(3 ; 2), C(2 ; –3), D(–3 ; –2).

Méthode : propriétés géométriques

→ *Voir fiches 41 et 42.*

→ Repérez les points qui sont les milieux de segments, dans le triangle ABD.

Dans le triangle ABD, E est le milieu de [AD] (côté du triangle).
Dans le parallélogramme ABCD, le centre est O, donc milieu des diagonales. Ainsi, O est le milieu de [BD] (côté du triangle).

→ Appliquez les résultats sur les concours de médiatrices dans un triangle.

Comme B est un sommet de ce triangle, les droites (BE) et (AO) sont médianes du triangle. Elles sont donc sécantes en un point qui est le centre de gravité du triangle, qui est donc K.
F est le milieu de [AB] (côté du triangle). Ainsi, la droite (DF) est la troisième médiane du triangle.

→ Montrer un alignement revient à montrer qu'un point appartient à la droite formée par les deux autres points.

Comme les médianes d'un triangle sont concourantes en un point, alors K appartient à la droite (DF) et donc D, K, F sont alignés.

Méthode : coordonnées

→ *Voir fiches 39 et 44.*

→ Calculez les coordonnées des milieux.

Par exemple, $x_E = \dfrac{x_A + x_D}{2} = \dfrac{-2 + (-3)}{2} = -\dfrac{5}{2}$.

$$E\left(-\frac{5}{2} ; \frac{1}{2}\right),\ F\left(\frac{1}{2} ; \frac{5}{2}\right).$$

→ Calculez les équations des droites (BE), (AO) et (DF).

$$(BE) : y = \frac{3}{11}x + \frac{13}{11},\quad (AC) : y = -\frac{3}{2}x,\quad (DF) : y = \frac{9}{7}x + \frac{37}{7}.$$

→ Calculez les coordonnées de K par un système, on vérifie que ces coordonnées vérifient l'équation de (DF) (ou des vecteurs colinéaires).

$$K\left(-\frac{2}{3} ; 1\right)$$

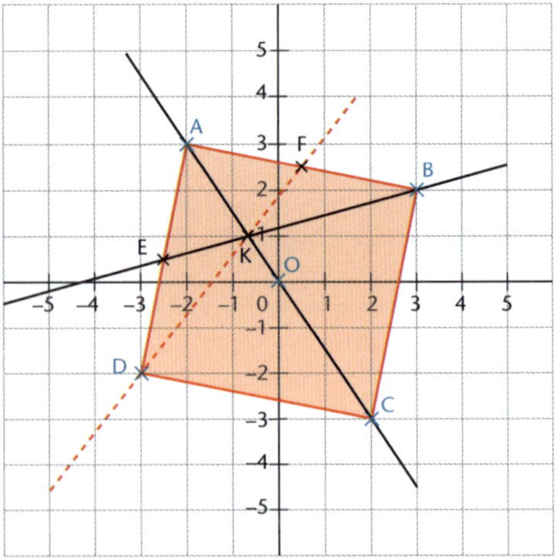

Compléments

FICHE 50

I Liste de propriétés à savoir démontrer

1. Nombres

- Le nombre $\frac{1}{3}$ n'est pas décimal ; le nombre $\sqrt{2}$ n'est pas rationnel.
- Pour une valeur numérique a, la somme de deux multiples de a est un multiple de a.
- Le carré d'un nombre impair est un nombre impair.
- Pour tout $a \geqslant 0$ et tout $b \geqslant 0$ $\sqrt{ab} = \sqrt{a}\sqrt{b}$.
- Pour tout $a \geqslant 0$ et tout $b \geqslant 0$ $\sqrt{a+b} \leq \sqrt{a} + \sqrt{b}$.
- Expliquer l'illustration géométrique de $(a + b)^2 = a^2 + 2ab + b^2$.

2. Géométrie

- Deux vecteurs sont colinéaires si et seulement si leur déterminant est nul.
- En utilisant le déterminant, établir la forme générale d'une équation de droite.
- Le projeté orthogonal d'un point sur une droite est le point de la droite qui est le plus proche du point.
- $\cos^2 x + \sin^2 x = 1$.

3. Fonctions

- Position relative des courbes d'équation $y = x$, $y = x^2$, $y = x^3$.
- Variations des fonctions « carré », « inverse », « racine carrée ».

II Liste des algorithmes à savoir programmer

1. Nombres

- Déterminer par balayage un encadrement de $\sqrt{2}$ d'amplitude inférieure ou égale à 10^{-n}.
- Déterminer si un entier naturel est multiple d'un entier naturel b.
- Pour des entiers a et b donnés, déterminer le plus grand multiple de a inférieur ou égal à b.
- Déterminer si un entier naturel est premier.

• Déterminer la première puissance d'un nombre positif donné supérieure ou inférieure à une valeur donnée.

2. Géométrie

• Étudier l'alignement de trois points dans le plan.

• Déterminer une équation de droite passant par deux points donnés.

3. Fonctions

• Algorithme d'approximation d'un extremum (balayage, dichotomie).

• Calcul approché d'une longueur de courbe.

4. Statistiques et probabilités

• Pour des données réelles ou issues d'une simulation, lire et comprendre une fonction écrite en Python renvoyant la moyenne m, l'écart – type s et la proportion d'éléments appartenant à $[m - 2s, m + 2s]$.

• Lire et comprendre une fonction Python renvoyant le nombre ou la fréquence de succès dans un échantillon de taille n pour une expérience aléatoire à deux issues.

• Simuler N échantillons de taille n d'une expérience aléatoire à deux issues. Si p est la probabilité d'une issue et f sa fréquence observée dans un échantillon, calculer la proportion des cas où l'écart entre p et f est inférieur ou égal à $1\sqrt{n}$.

Mémos calculatrices

Calculatrice Texas Instrument

1. Fonctions

• **Définir la fonction :** utiliser la touche f(x) puis saisir l'expression algébrique de la fonction ; la variable *x* peut être introduite par la touche X, T, θ, *n*.

• **Tableau de valeurs :** pour définir la table, 2nde fenêtre (déf table f2) ; pour accéder à la table, 2nde graphe (table f15).

• **Pour tracer la courbe :** définir la fenêtre avec fenêtre.

```
FENêTRE
 Xmin=-10
 Xmax=10
 Xgrad=1
 Ymin=-10
 Ymax=10
```

Puis tracer avec graphe (table f15).

2. Statistiques

• **Entrer les données :** touche stats puis 1 dans l'éditeur de données. Entrer les valeurs dans L_1. S'il y a des effectifs, les entrer dans L_2.

• **Calculer les paramètres :** revenir au menu stats.

```
ÉDIT CALC TESTS
1:Stats 1 Var
```

Choisir les listes L_1 et L_2 puis calculer à l'aide de l'écran suivant.

```
        Stats 1 var
Xliste:L1
ListeFréq:
Calculer
```

Selon le modèle de calculatrice, on peut avoir à écrire 1-Var Stats L_1, L_2.

Calculatrice Casio

1. Fonctions

- **Définir la fonction** : choisir parmi l'un des menus :

ou

puis saisir l'expression algébrique de la fonction ; la variable *x* peut être introduite par la touche X, θ, T.

- **Tableau de valeurs** : dans le menu , utiliser F5 (SET) pour accéder aux réglages de la table de valeurs.

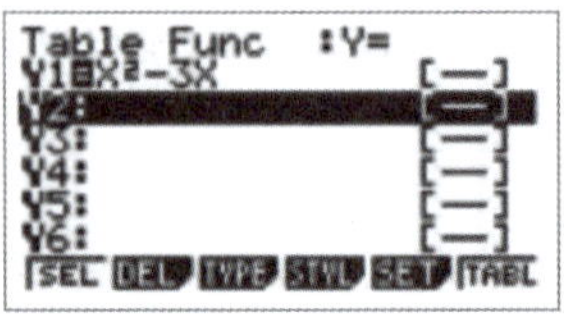

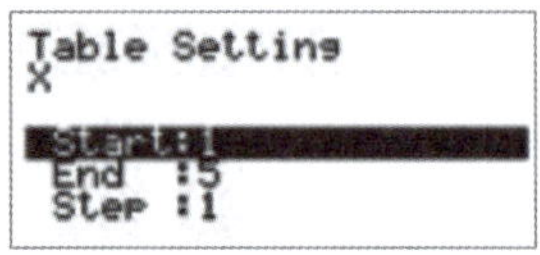

Pour **accéder à la table**, TABL F6.

- **Tracé de la courbe** : choisir DRAW dans le menu .

2. Statistiques

- **Entrer les données** : choisir le menu , entrer les valeurs dans List 1. S'il y a des effectifs, les entrer dans List 2.

- **Calculer les paramètres** : dans CALC F2, choisir SET F6.

S'il y a des effectifs, choisir 1 VAR Freq :List2, sinon laisser à 1.

Appuyer sur la touche EXE, puis sur 1 VAR F1.

Logique

1. Propositions

• En mathématiques, on utilise des règles logiques pour établir de nouvelles propriétés à partir de propriétés existantes. Cela constitue une **démonstration**.

• Une **proposition** est un énoncé qui peut être vrai ou faux. Elle ne peut être à la fois vraie et fausse : c'est le principe du **tiers exclu**.

• Il existe un nombre restreint de « propositions » non démontrées et admises : les **axiomes**. Les autres, donc démontrées, sont des **théorèmes**.

Exemples

• P = « par tout point du plan, il passe une droite et une seule parallèle à une droite donnée » est l'un des axiomes de la géométrie d'Euclide.

• Q = « dans un triangle rectangle, le carré de l'hypoténuse est égal à la somme des carrés des deux autres côtés » est un théorème, dont il existe de nombreuses démonstrations.

2. Les connecteurs logiques « et » et « ou »

Si P et Q sont deux propositions alors :

• « **P et Q** » est une nouvelle proposition qui n'est vraie que si, et seulement si, les propositions P et Q sont toutes deux vraies ;

• « **P ou Q** » est une nouvelle proposition qui n'est fausse que si, et seulement si, les propositions P et Q sont toutes deux fausses.

3. Les quantificateurs ∀ et ∃

• « $\forall x \in \mathbb{R}, x^2 \geqslant 0$ » signifie : « **pour tout** réel x, son carré est positif ou nul ». Le symbole ∀ est le **quantificateur universel**. Il signifie que la propriété qui le suit est vraie pour tout un ensemble de valeurs.

• « $\exists x \in \mathbb{R}, x^2 = 0$ » signifie : « **il existe** (au moins) un réel x dont le carré est nul ». Le symbole ∃ est le **quantificateur existentiel**. Il signifie que la propriété qui le suit est vraie pour au moins une valeur.

4. Proposition conditionnelle, réciproque, contraposée et négation

• Une **proposition conditionnelle** est de la forme « si P est vraie, alors Q est vraie ». Il s'agit d'une **implication**. On peut l'écrire **P ⇒ Q**.

- Sa **réciproque** est « si Q est vraie alors P est vraie ». On l'écrit **$Q \Rightarrow P$**.
- Attention : on peut avoir une proposition conditionnelle vraie sans que sa réciproque le soit.

Exemple
La proposition conditionnelle, pour un réel x, « si $x = 2$ alors $x^2 = 4$ » est vraie, alors que sa réciproque « si $x^2 = 4$ alors $x = 2$ » est fausse, car on pourrait avoir $x = -2$.

- Si $P \Rightarrow Q$ et $Q \Rightarrow P$ sont vraies, on dit que P et Q sont **équivalentes**. On écrit **$P \Leftrightarrow Q$**.
- **Négation** de P : c'est la proposition notée **non P** ou **$\neg P$**. Elle est vraie seulement quand P est fausse.

Exemples
- La négation de « P **et** Q » est « $\neg P$ **ou** $\neg Q$ ».
- La négation de « P **ou** Q » est « $\neg P$ **et** $\neg Q$ ».

- La **contraposée** de $P \Rightarrow Q$ est **$\neg Q \Rightarrow \neg P$**. Cela signifie la même chose que la proposition conditionnelle initiale.

Exemple
La contraposée de « si $x = 2$ alors $x^2 = 4$ » est « si $x^2 \neq 4$ alors $x \neq 2$ ».

5. Conditions nécessaires et suffisantes

Quand l'implication $P \Rightarrow Q$ est vraie :
- P est une **condition suffisante** pour que Q soit vraie ;
- Q est une **condition nécessaire** pour que P soit vraie.

Exemple
Considérons la proposition « si un quadrilatère est un rectangle, alors il a ses côtés opposés de même longueur ».
Pour que le quadrilatère soit un rectangle, *il faut* qu'il ait des côtés opposés de même longueur, mais ce n'est *pas suffisant*.
Pour que le quadrilatère ait des côtés opposés de même longueur, *il suffit* qu'il soit un rectangle, mais ce n'est *pas nécessaire*. On pourrait avoir aussi un losange non rectangle.

6. Contre-exemple d'une proposition universelle

Quand on souhaite montrer qu'une propriété n'est pas toujours vraie, il suffit de trouver un contre-exemple.

Exemple
« Pour tout réel a, a et $3a$ sont divisibles par 3. » C'est faux, comme le montre le contre-exemple avec $a = 2$. Dans ce cas, on a bien $3a = 6$ divisible par 3, mais a ne l'est pas. En revanche, cette proposition est vraie si a est lui-même divisible par 3.

7. Raisonnements

- **Par disjonction des cas** : on distingue différents cas de figures qu'on examine.

Exemple
« Si n est un entier naturel, $n^2 + n$ est pair. »
- 1er cas : n est pair. Dans ce cas, n^2 est pair et donc $n^2 + n$ est pair.
- 2d cas : n est impair. Dans ce cas, n^2 est impair et donc $n^2 + n$ est pair.

- **Par l'absurde** : cela consiste à supposer vraie une propriété et à aboutir à une contradiction. On doit donc rejeter l'hypothèse et on en déduit que la propriété est fausse.

Exemple
On suppose « il existe un réel $x \neq -1$ tel que $\dfrac{3x+1}{3x+3} = 1$ ».
Alors on a nécessairement $3x + 1 = 3x + 3$, d'où $1 = 3$,

ce qui est absurde. Donc la négation de la propriété supposée est vraie : « $\forall x \neq -1, \dfrac{3x+1}{3x+3} \neq 1$ ».

Conception graphique : Muriel Ouziane
Mise en pages : Nord Compo

5, allée de la 2e DB - 75015 PARIS
www.magnard.fr
www.specialbac.magnard.fr

PEFC 10-31-1895

Achevé d'imprimer en France, en novembre 2021, par l'imprimerie CHIRAT
Dépôt légal : janvier 2022 ; N° éditeur : MAGSI20210717